KB003103

2022 글벗시화전 작품집 - 제7회, 제8회 글벗시화전

하늘의 언어처럼

글벗문학회

아름다운 글로 행복한 세상을 꿈꾸는 글벗문학회
글벗문학회는 작가님의 원고료 지급을 위해 노력합니다

제8회

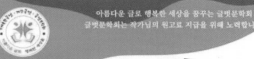
글벗시화전

2022년 글벗문학상 및 글벗백일장 시상식

2022. 5.1.(일) ~ 5.8.(일)

장소 | 연천 종자와시인박물관

행사 내용

* 글벗문학회 회원 캘리 시화 작품 전시
* 글벗문학상과 글벗백일장 시상식
* 시낭송회와 캘리 작가 시연회

문의 | 010-2442-1466 주최 | 글벗 글벗문화회 글벗
(글벗문학회 회장 최봉희)

꽃 마음

- 시조 글벗 최 봉 희
- 손글씨 도담 이 양 희

가슴에 피어오른
그 숨결 뜨거워라

그대를 만나야만
내 마음 꽃이 펴요

오롯이
나만 보세요
가슴 여는 그 사랑

꽃마음

-최봉희-

가슴에 피어오른
그 숨결 뜨거워라~

그대 만나야만
내 마음 꽃이 펴요

오롯이
나만 보세요
가슴 여는 그 사랑

yanghee

차 례

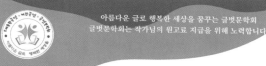

아름다운 글로 행복한 세상을 꿈꾸는 글벗문학회
글벗문학회는 작가님의 원고료 지급을 위해 노력합니다.

제7회
글벗시화전

2021년 글벗문학상 및 글벗백일장 시상식

2022. 1.15.(토) ~ 1.23.(일)

장소 | 파주 운정호수공원 에코토리움

행사 내용

* 글벗문학회 회원 캘리 시화 작품 전시

* 글벗문학상과 글벗백일장 시상식

* 시낭송회와 캘리 작가 시연회

문의 | **010-2442-1466**
(글벗문학회 회장 최봉희)

주최 |  글벗문학회

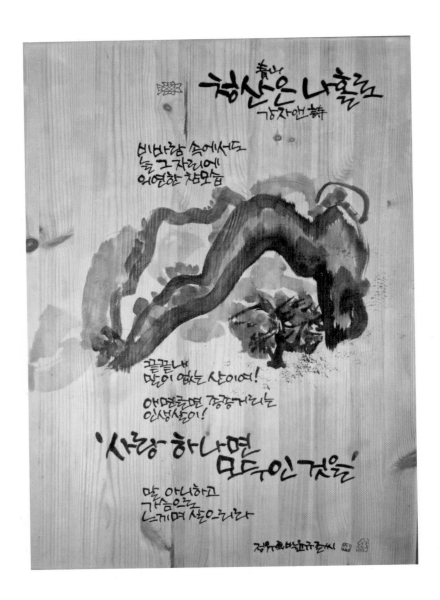

청산은 나 홀로
- 시 강자앤
- 손글씨 박윤규

비바람 속에서도
늘 그 자리에
의연한 참모습

끝끝내
말이 없는 산이여!

애면글면 종종거리는
인생살이!

"사랑 하나면 모두인 것을"

말 아니하고
가슴으로
느끼며 살으리라

귀로

詩 강혜지

서서히
날은 저물어가는데
아쉬운 남은 정이 어둑한
길거리를 들고
미련마저 발을 담고선

자리에서 떠날 줄 모르고 있다
가물가물한 애틋함이
어디에도 없는
온기를 쓰다듬듯이
머무르고 싶은 끈적한 연이
돌아가는 길목을
마음으로 묶어가네
처절한 발걸음 위에

어스레한 저녁이 몰려오는데
피곱게 엮인 삶의 세월에
엉킨 미련은 어이
귀로의 발길만 고되어진다

귀로

- 시 휘은 강혜지
- 손글씨 박윤규

서서히
날은 저물어 가는데
아직은 남은 정이 어둑한
길거리를 돌고
미련마저 발을 딛고 선

자리에서 떠날 줄 모르고 있다
가물가물한 애틋함이
어디에도 없는
온기를 쓰다듬듯이
머무르고 싶은 끈적한 연이
돌아가는 길목을
매듭으로 묶어가네
처절한 발걸음 위에

어스레한 저녁이 몰려오는데
괴롭게 엮인 삶의 세월에
엉킨 미련은 어이
귀로의 발길만 고되어진다

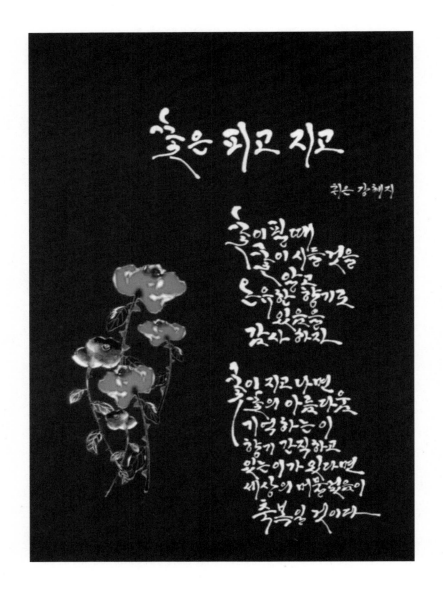

꽃은 피고 지고

취선 강혜진

꽃이 필때
꽃이 시들것을
알고
은은한 향기로
있음을
감사 하자

꽃이 지고 나면
꽃의 아름다움
기억하는 이
함께 간직하고
있는이가 있다면
세상의 머물렀음이
축복일 것이다

꽃은 피고 지고
- 휘은 강혜지

꽃이 필 때
꽃이 시들 것을 알고
온유한 향기로 있음을
감사하자

꽃이 지고 나면
꽃의 아름다움
기억하는 이
향기 간직하고 있는 이가 있다면
세상에 머물렀음이
축복일 것이다

머위꽃 별그대

김근숙

꼬박 일년 너를 기다렸지
벅찬 마음 꼭꼭 숨겨 온
흰 부케 든 신부의 설렘

봄 햇살 내려앉은 모퉁이
하얀 얼굴 내미는 수줍음
뽀송뽀송 깨끗한 순결이

뽐내려는 봄꽃 유혹에도
낮은 땅에 붙은 채 앉아서
산마을 지키는 작은 별가족

삼백육십오일 시간 보내고
다시 찾은 첫사랑
그대는 진주알 품은 별꽃!

머위꽃 별그대
- 시 김근숙

꼬박 일년 너를 기다렸지
벅찬 마음 꼭꼭 숨겨 온
흰 부케 든 신부의 설렘

봄 햇살 내려앉은 모퉁이
하얀 얼굴 내미는 수줍음
뽀송뽀송 깨끗한 순결이

뽐내려는 봄꽃 유혹에도
낮은 땅에 붙은 채 앉아서
산마을 지키는 작은 별 가족

삼백육십오일 시간 보내고
다시 찾은 첫사랑
그대는 진주알 품은 별꽃!

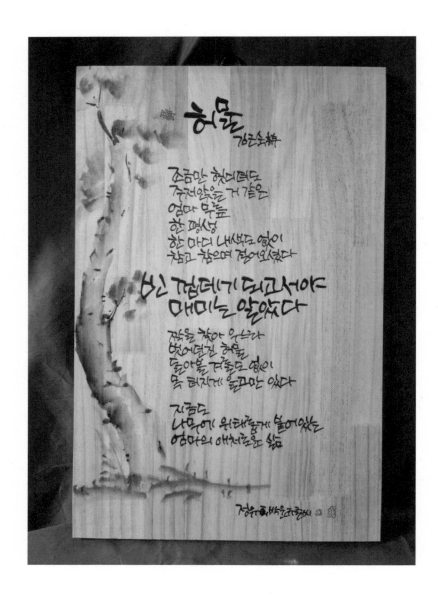

허물

– 시 김근숙
– 손글씨 박윤규

조금만 헛디뎌도
주저앉을 거 같은
엄마 무릎
한 평생
한마디 내색도 없이
참고 참으며 걸어오셨다

빈 껍데기 되고서야
매미는 알았다

짝을 찾아 우느라
벗어 던진 허물
돌아볼 겨를도 없이
목 터지게 울고만 있다

지금도
나무에 위태롭게 붙어있는
엄마의 애처로운 삶

내게 당신은

글힘 김나경

당신은 내게 누구입니까
설렘과 두근거림을 가지고
어디서 오시는 건가요

홀로 미소 짓게 하는
따스한 빛과 바람

내 마음을 어루만지는
당신이 무척 그립습니다

당신은 어디서 오시는 건가요
바다 너머 저편 행복이 일고 있는
고통에서 오시는 건가요

당신은 내게 무엇입니까?
내게 당신은

내게 당신은
- 시 김나경

당신은 내게 누구입니까
설렘과 두근거림을 가지고
어디서 오시는 건가요

홀로 미소 짓게 하는
따스한 빛과 바람

내 마음을 어루만지는
당신이 무척 그립습니다

당신은 어디서 오시는 건가요
바다 너머 저편 행복이 일고 있는
고통에서 오시는 건가요

당신은 내게 무엇입니까?
내게 당신은

사랑은 란타나

글힘 김나경

사랑은
아름다운
란타나처럼
변하여 간다
꽃피어
아름다웠던 날들이
란타나처럼
변해 갈 때
하루하루
내 가슴
콩닥거리게 했던

그의
빛나던 눈빛도
흐려져서
마침내
나를 볼 수 없게 된다
사랑은
란타나처럼
퇴색해
자꾸만 자꾸만
변하여 간다

사랑은 란타나

\- 시 김나경

사랑은
아름다운
란타나처럼
변하여 간다
꽃피어
아름다웠던 날들이
란타나처럼
변해 갈 때
하루하루
내 가슴
콩닥거리게 했던
그의
빛나던 눈빛도
흐려져서
마침내
나를 볼 수 없게 된다
사랑은
란타나처럼
퇴색해
자꾸만 자꾸만
변하여 간다

해

글힘 김나경

눈부신 그대
나는
빛이 가득한
그대 모습에
차마
눈을 뜰 수 없어
손으로 그대를
가리고 말았습니다

그런데도
그대는
따사로이
나를 감싸 안고
토닥이고 있습니다

사랑인가 봅니다

해

– 시 김나경

눈부신 그대
나는
빛이 가득한
그대 모습에
차마
눈을 뜰 수 없어
손으로 그대를
가리고 말았습니다

그런데도
그대는
따사로이
나를 감싸 안고
토닥이고 있습니다

사랑인가 봅니다

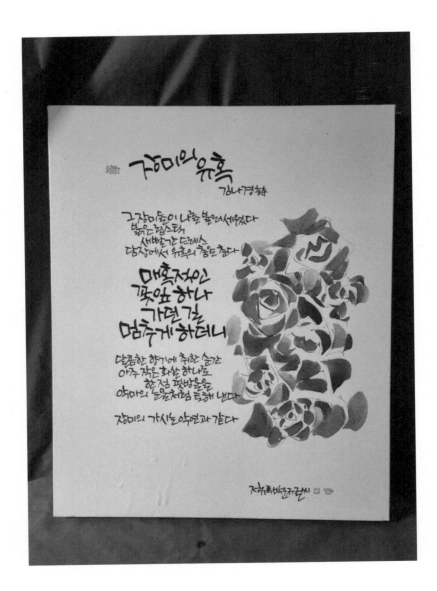

장미의 유혹

- 시 김나경
- 손글씨 박윤규

그 장미들이 나를 불러 세웠다
붉은 립스틱
새빨간 드레스
담벼락에서 유혹의 춤을 춘다

매혹적인 꽃잎 하나
가던 길 멈추게 하더니

달콤한 향기에 취한 순간
아주 작은 화살 하나로
한 점 핏방울을
악마의 눈물처럼 토해 낸다

장미의 가시는 악연과 같다

사랑하는 딸

김나경

엄마와 딸로 만난 우리
좋은 일도 함께하고
슬픈 일도 함께하는
실과 바늘이었고

서운한 일이 있을때도
엄마와 딸이었다.
사춘기도 잘 보내고
예쁘게 잘 자라서

장군의 아내가 된 너에게
나는 엄마이기에
언제나 부족함 없이 활짝 웃는
행복한 아내가 되기를
기도한다.

사랑하는 딸

- 시 김나경
- 손글씨 이양희

엄마와 딸로 만난 우리
좋은 일도 함께하고
슬픈 일도 함께 하는
실과 바늘이었고

서운한 일이 있을 때도
엄마와 딸이었다
사춘기도 잘 보내고
예쁘게 잘 자라서

장군의 아내가 된 너에게
나는 엄마이기에
언제나 부족함 없이 활짝 웃는
행복한 아내가 되기를 기도한다

억지 심통 부리지마-

김나경

그대는 나를 사랑하면서
왜 나를 멀리하는가
그대는 나 없이 살수 없으면서
왜 나를 외면하는가-
그대는 나 없인 숨쉴수 없으면서
왜 나를 밀어내는가
아직은 나 없이 눈물이면서
왜 다른게임과 웃고있는가-
그댄 나를 사랑하면서
웃고있는 나를 왜 몰라보는가-

억지 심통 부리지 마

- 시 김나경
- 손글씨 이양희

그대는 나를 사랑하면서
왜 나를 멀리하는가

그대는 나 없이 살 수 없으면서
왜 나를 외면하는가

그대는 나 없이 숨 쉴 수 없으면서
왜 나를 밀어내는가

아직은 나 없이 눈물이면서
왜 다른 게임과 웃고 있는가

그댄 나를 사랑하면서
울고 있는 나를 왜 몰라보는가

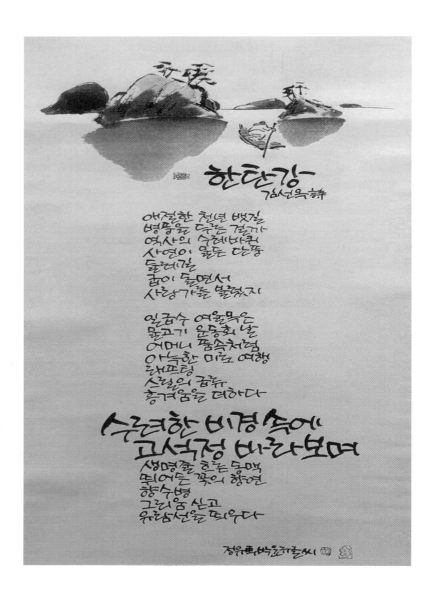

한탄강
김선옥 詩

애절한 천년 뱃길
병풍을 닮은 절경과
역사의 수레바퀴
사연이 물든 단풍
둘러싸고
꿈이 물들면서
사랑가를 불렀지

일급수 여울목은
물고기 운동회 날
어머니 품속처럼
아늑한 미리 여행
래프팅
신랄의 금투
흥겨움을 더하다

수려한 비경 속에
고석정 바라보며
생명줄 흐르는 동맥
뛰어드는 꽃의 향연
향수병
그리움 싣고
유람선을 띄우다

정유초 박옥희 쓰다

한탄강
- 시조 김선옥
- 손글씨 박윤규

애절한 천년 뱃길
병풍을 두른 걸까
역사의 수레바퀴
사연이 물든 단풍
둘레길
굽이돌면서
사랑가를 불렀지

일급수 여울목은
물고기 운동회 날
어머니 품속처럼
아늑한 미로 여행
래프팅
스릴의 급류
흥겨움을 더하다

수려한 비경 속에
고석정 바라보며
생명줄 흐른 동맥
뛰어든 꽃의 향연
향수병
그리움 신고
유람선을 띄우다

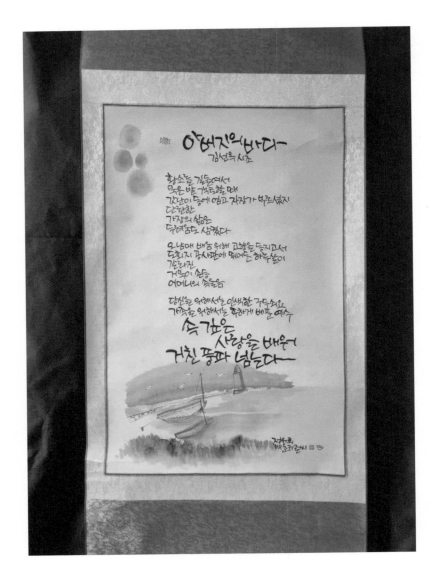

아버지의 바다

- 시조 김선옥
- 손글씨 박윤규

황소를 길들여서
묵은 밭 객토할 때
갓난이 등에 업고 자장가 부르셨지
단란한
가장의 삶은
두려움도 삼켰다

오 남매 배움 위해 고향을 등지고서
도회지 공사판에 뛰어든 하루살이
갈라진
거북이 손등
어머니의 속울음

당신을 위해서는 인색한 구두쇠요
가족을 위해서는 후하게 베푼 예수
속 깊은
사랑을 배워
거친 풍파 넘는다

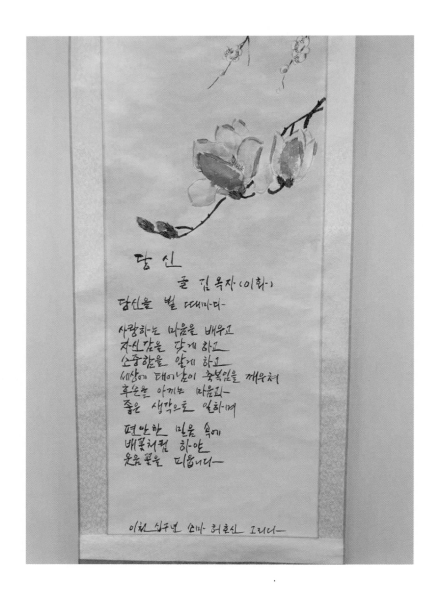

당 신

줄 김 옥 자 (이화)

당신을 볼 때마다

사랑하는 마음을 배우고
자신감을 갖게 하고
소중함을 알게 하고
세상에 태어남이 축복임을 깨우쳐
후손을 아끼는 마음과
좋은 생각으로 일하며

편안한 마음 속에
배꽃처럼 하얀
웃음 꽃을 띄웁니다

이화 삼구년 소마 허호신 그리다

당신

- 시 김옥자
- 손글씨 허호신

당신을 뵐 때마다

사랑하는 마음을 배우고
자신감을 갖게 하고
소중함을 알게 하고
세상에 태어남이 축복임을 깨우쳐
후손을 아끼는 마음과
좋은 생각으로 일하며

편안한 믿음 속에
배꽃처럼 하얀
웃음꽃을 피웁니다

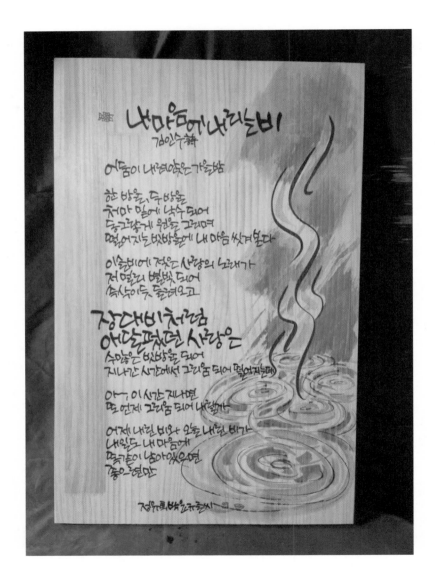

내 마음에 내리는 비

- 시 김인수
- 손글씨 박윤규

어둠이 내려앉은 가을밤

한 방울, 두 방울
처마 밑에 낙수 되어
동그랗게 원을 그리며
떨어지는 빗방울에 내 마음 씻겨본다

이슬비에 젖은 사랑의 노래가
저 멀리 별빛 되어
속삭이듯 들려오고

장대비처럼 애달팠던 사랑은
수많은 빗방울 되어
지나간 시간에서 그리움 되어 떨어지는데

아. 이 시간 지나면
또 언제 그리움 되어 내릴까

어제 내린 비와, 오늘 내린 비가
내일도 내 마음에 똑같이 남아있으면
좋으련만

기다림

野 2 김지희

어둠이 내린 길모퉁이
밤하늘 은하수는
슬픔을 꾹꾹 안고
한묶더기
피어난 슬픔은
새하얀 미소를 품는다-

가슴속에 그리움을
하나하나 풀어내면,
어느덧 은하수되어
희망으로 안긴다-
먹구름 낀 가슴에
훤한 빛이
가슴으로 파고 든다-

기다림

- 시조 야을 김지희
- 손글씨 이양희

어둠이 내린 길모퉁이
밤하늘 은하수는
슬픔을 끌어안고
한 무더기
피어난 슬픔은
새하얀 미소를 품는다

가슴속에 그리움을
하나하나 풀어내면
어느덧 은하수 되어
희망으로 안긴다
먹구름 낀 가슴에
훤한 빛이
가슴으로 파고든다

혼자일때

어둠속에
빛나는
밤하늘 은하수
안개 자욱한
하늘을
포옹하네
애잔한
마음으로
어둠을 애무 하니
잊혀지는
추억처럼
내
가슴 상처
지우며
그제서야
혼자
일에

김지희님의 "혼자일때" 중에서

혼자일 때

- 시 야을 김지희
- 손글씨 려송 김영섭

어둠 속에 빛나는
밤하늘 은하수
안개 자욱한
하늘을 포옹하네
애잔한 마음으로
어둠을 애무하다
잊혀지는 추억처럼
내 가슴 상처 지우며
그제서야 혼자임에

봄꽃

- 시 야을 김지희
- 손글씨 박윤규

바람이 손짓하던
울 너머엔
속닥속닥 이야기 꽃

부드러운 미소속에
향기는 가득하고
내 마음의 귀환으로
피어난 봄꽃들의 향연

작년에 피어났던
그곳에서 마실나왔다
이웃동네 정착하여
오손 도손 정겹기도 하네

내리던 봄비도 가던길
멈추고 봄꽃들의
대화 속으로 젖어드네

가을 향기
- 시조 까치 김현숙
- 손글씨 려송 김영섭

갈 햇살 내려앉아
사랑의 멜로디로

춤추며 노래하니
수줍은 얼굴빛에

타오른 여인의 향기
책갈피로 숨는다

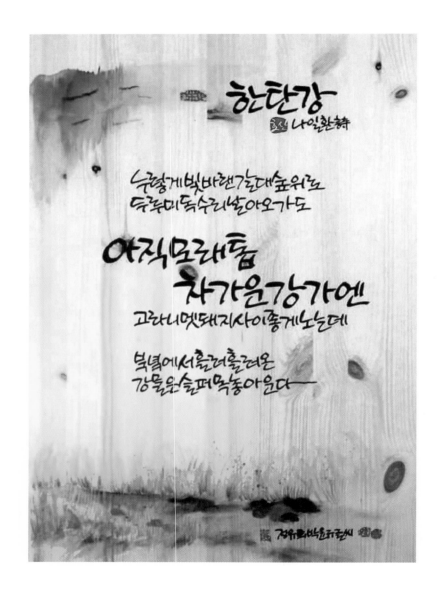

한탄강

나일환 作

누렇게 빛바랜 갈대숲 위로
독두리 독수리 날아오가도

아직 모래톱
차가운 강가엔
고라니 멧돼지 사이좋게 노는데

북녘에서 흘러흘러온
강물은 슬퍼 묵묵히 흐른다

한탄강

- 시 나일환
- 손글씨 박윤규

누렇게 빛바랜 갈대숲 위로
두루미 독수리 날아 오가도

아직 모래톱 차가운 강가엔
고라니 멧돼지 사이좋게 노는데

북녘에서 흘러 흘러온
강물은 슬퍼 목 놓아 운다

임의 아리랑

시조 박귀자

한 세상 부대끼며
다투고 화해하고
성냄도 관심인걸
모른 척 돌아서면
저만치
쫓아와 잡고
이러쿵 또 저러쿵

가슴에 빗장 걸고
외로이 홀로 서서
시선이 멈춘 곳에
지긋이 웃어주던
미소가
삼라만상의
우주 속에 떠돈다

아리랑 아라리요
사계절 피고 지는
아름다운 이 강산
반쪽이 불러주는
산 넘어
반쪽 아리랑
메아리로 퍼진다

임의 아리랑

- 시조 려정 박귀자

한 세상 부대끼며
다투고 화해하고
성냄도 관심인걸
모른 척 돌아서면
저만치
쫓아와 잡고
이러쿵 또 저러쿵

가슴에 빗장 걸고
외로이 홀로 서서
시선이 멈춘 곳에
지긋이 웃어주던
미소가
삼라만상의
우주 속에 떠돈다

아리랑 아라리요
사계절 피고 지는
아름다운 이 강산
반쪽이 불러주는
산 넘어
반쪽 아리랑
메아리로 퍼진다

호접란

려정 박귀자

몽환적 달빛 따라
화사한 향기 깔고

벗들과 시를 읊는
고요한 밤하늘에

일월을
꿈꾸던 꽃대
한겹 한겹 벗긴 밤

호접란

– 시조 려정 박귀자

몽환적 달빛 따라
화사한 향기 깔고

벗들과 시를 읊는
고요한 밤하늘에

밀월을
꿈꾸던 꽃대
한겹 한겹 벗긴 밤

삶의 나침반

- 시조 묘영 박원옥
- 손글씨 박윤규

갈림길 다다르니
어디로 가야 하나
방향을 잡지 못해
사방을 둘러봐도
거기가 거기 같으니
동서남북 헷갈려

침 튀겨 방향 잡고
반대편 길로 가네
믿음을 저버리고
가는 길 순탄찮아
오던 길 되돌아가니
헛걸음이 아쉽다

주 말씀 묵상 중에
나침반 찾았으니
길 잃고 방황하던
나에게 은혜로다
나침반 따라 가는 삶
감사함이 넘치네

처음처럼

박종태

처음 만남의 그날의 시간
처음 느꼈던 그날의 설레
처음 함께한 그날의 행복
처음 가졌던 느낌 그대로
처음처럼 늘 사랑 합니다.

처음처럼

– 시 박종태

처음 만남의 그날의 시간
처음 느꼈던 그날의 설렘
처음 함께한 그날의 행복
처음 가졌던 느낌 그대로
처음처럼 늘 사랑 합니다

내 삶의 이유

박종태

오늘을
함께하니
햇살이 가득하고
당신이 내어주는
가슴은 포근하니
당신의 사랑이 있어
내 삶은 행복이네

한없이 주고싶고 늘 항상 보고싶고
시기게 기다리는 당신이
있다는건 내일을 살아야
하는 내 삶의 이유이다

박종태님의 글을 겨송붓질

내 삶의 이유

- 시조 박종태
- 손글씨 려송 김영섭

오늘을 함께하니
햇살이 가득하고
당신이 내어주는
가슴은 포근하니
당신의 사랑이 있어
내 삶은 행복이네

한없이 주고 싶고 늘 항상 보고 싶고
시리게 기다리는 당신이 있다는 건
내일을 살아야 하는 내 삶의 이유이다

바다

박필상

바다는 엄마처럼
가슴이 넓습니다.
온갖 물고기와
조개들을 품에 안고
파도가
칭얼거려도
다독다독 달랩니다.

바다는 아빠처럼
못하는게 없습니다.
시뻘건 아침해를
번쩍 들어올리시고
배들도
갈매기 떼도
둥실둥실 띄웁니다.

바다

- 시조 박필상
- 손글씨 도담 이양희

바다는 엄마처럼
가슴이 넓습니다
온갖 물고기와
조개들을 품에 안고
파도가
칭얼거려도
다독다독 달랩니다

바다는 아빠처럼
못하는 게 없습니다
시뻘건 아침 해를
번쩍 들어 올리시고
배들도
갈매기 떼도
둥실둥실 띄웁니다

- 초등학교 4학년 교과서 수록작품

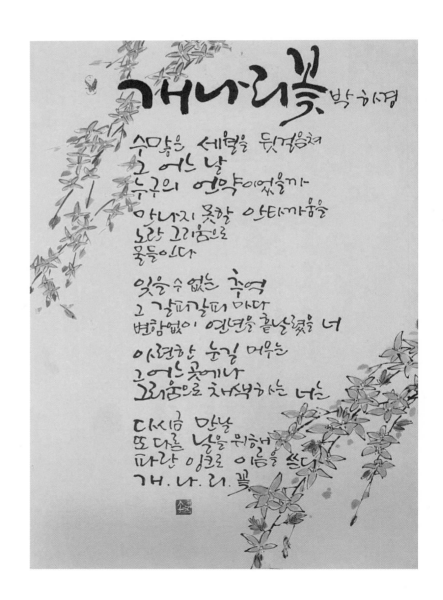

개나리꽃 박하경

수많은 세월을 뒷걸음쳐
그 어느 날
누구의 언약이었을까

만나지 못할 안타까움을
노란 그리움으로
물들이다

잊을 수 없는 추억
그 갈피갈피 마다
변함없이 연연을 흩날렸을 너

아련한 눈길 머무는
그 어느 곳에나
그리움으로 채색하는 너는

다시금 만날
또 다른 날을 위해
파란 잉크로 이름을 쓴다
개 . 나 . 리 . 꽃

개나리꽃
- 시 박하경
- 손글씨 송율 차해정

수많은 걸음을 뒷걸음질 쳐
그 어느 날
누구의 언약이었을까

만나지 못할 안타까움을
노란 그리움으로
물들인다

잊을 수 없는 추억
그 갈피 갈피마다
변함없이 연년을 흩날렸을 너

아련한 눈길 머무는
그 어느 곳에나
그리움으로 채색하는 너는

다시금 만날
또 다른 날을 위해
파란 잉크로 이름을 쓴다
개, 나, 리, 꽃

웃음꽃

박하영

온 가족 모였을 때
입가에 예쁜 미소

서로를 아껴주는
따뜻한 마음 가득

저마다
마주 본 행복
아름답게 피었네

웃음꽃

– 시 박하영

온 가족 모였을 때
입가에 예쁜 미소

서로를 아껴주는
따뜻한 마음 가득

저마다
마주 본 행복
아름답게 피었네

등기로 받은 봄

백옥희

걸음마를 가르쳐준 영덕,
푸르른 뱃고동 소리 허리에 감고
길을 묻다가 그 길을
잃을 때도 간혹 있었다

한 귀퉁이는 찢어지고,
받을 수신 글자 햇볕에 바래지고
홑겹으로 구겨진 초경이
불안에 휩싸이기도 하였다

바람이 뒤척이는 어스름 때
고석정 10만 평 꽃밭에서
봄을 막 뜯어보고 훈줄 놓은 나,
풀잎처럼 가만히 어깨를 털었다

등기로 받은 봄

- 시 백옥희

걸음마를 가르쳐준 영덕,
푸르른 뱃고동 소리 허리에 감고
길을 묻다가 그 길을
잃을 때도 간혹 있었다

한 귀퉁이는 찢어지고,
받 수신 글자 햇볕에 바래지고
홑겹으로 구겨진 초경이
불안에 휩싸이기도 하였다

바람이 뒤척이는 어스름 때
고석정 10만 평 꽃밭에서
봄을 막 뜯어보고 혼줄 놓은 나,
풀잎처럼 가만히 어깨를 털었다

봄의 탱고
- 시서화 마석 서정희

창공에
새가 난다
겨울의 터널 지나
날개 펴고 더 높이
풀들이 살아나고
나무들 두 팔 벌리니
온 산야가 입 벌려

봄비에
움이 트고
새싹이 돋아나니
수줍은 새색시들
치마폭 바람 드네
연인들 낭만적 사랑
속삭이는 밀어들

숲속이
소근대네
푸른 숲 그 이야기
유려한 선율 하나
그리운 추억 싣고
황홀감 고조시키는
봄의 소리 탱고여

모란꽃
- 시서화 마석 서정희

한겨울
줄기 말라
애잔한 마음인데
춘풍이 애무하니
새싹이 눈을 뜨네
묵묵히 견뎌낸 모습
임의 성정 같구나

횃대보
위에 피던
모란꽃 송이송이
작은 새 노란 나비
희희낙락 봄날이네
청홍실 수놓아지던
한땀 한땀 꽃송이

모란꽃
오월 따라
만개해 화려하네
고대광실 너른 집
산골망 작은 뜨락
여전히 황홀하나니
화중지왕이로고

메리골드

혜록 성의순

메리골드는
가을꽃의 여왕
그 모습 참 좋아라
깊은 향기 만수국
내 마음을 붙잡네

세상사 둥글둥글
너와 나 나눔실천
받는 사랑 즐겁고
일석다조 메리골드
만수국 참 좋아라

메리골드
꼭 오고야 말 행복
나도 찾아 나서리

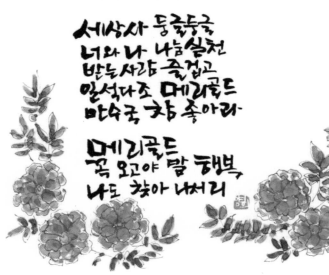

메리골드

- 시 혜록 성의순
- 손글씨 이양희

메리골드는
가을꽃의 여왕
그 모습 참 좋아라
깊은 향기 만수국
내 마음을 붙잡네

세상사 둥글둥글
너와 나 나눔 실천
받는 사람 즐겁고
일석다조 메리골드
만수국 참 좋아라

메리골드 꽃말은
꼭 오고야 말 행복
나도 찾아 나서리

모란

혜죽 성의순

해마다
5월이면
우리집앞마당은
모란꽃대궐
어느덧
백오십년동안
모란꽃만발했지
꽃중의 꽃
씨열을품은
열매
부귀영화
누리네

서희 그리고 쓰다

모란

- 시 혜록 성의순
- 손글씨 서희 김선희

해마다 5월이면
우리 집 앞마당은
모란꽃 대궐

어느덧
백 오십 년 동안
모란꽃 만발했지

꽃 중의 꽃
별을 품은 열매
부귀영화 누리네

그대 있음에

멱원 송덕영

안개 밀리는
길모퉁이에 서 있네
길게 드리운 그리움이
하얀 겨울로 깊어져
진눈깨비 흩뿌려진
거리에 서 있어도
나는 이대로가 좋으리
내 작은 꿈 하나는
북극 항로를 지나고
디즈니 요정 팅커벨이
그대 창가를 날아
시간이 가지 않기를
손 모아 기도 드리네
바람이 덜컹거리는 시간에도
소중히 담아보는 생각에
언제나 당신과 함께인 것을
숨 쉬는 그날까지 감사드리오
언제까지나 그대 있음에

그대 있음에

– 시 멱원 송덕영

안개 밀리는
길모퉁이에 서 있네
길게 드리운 그리움이
하얀 겨울로 깊어져
진눈깨비 흩뿌려진
거리에 서 있어도
나는 이대로가 좋으리
내 작은 꿈 하나는
북극 항로를 지나고
디즈니 요정 팅커벨이
그대 창가를 날아
시간이 가지 않기를
손 모아 기도 드리네
바람이 덜컹거리는 시간에도
소중히 담아보는 생각에
언제나 당신과 함께인 것을
숨 쉬는 그날까지 감사드리오
언제까지나 그대 있음에

소중한 씨앗

윤영 송연화

나에게 가장 소중한 씨앗은
시어가 굴비처럼 줄줄이 엮어져
나오는 글 씨앗이 아닐까

그런 씨앗을 심고싶다
토실한 땅심에다
튼튼한 떡잎을 보고싶다

연두의 꼬물이들 박차고
세상 밖으로 나오는
우람함을 보고싶다

생명의 소중함을 느끼며
너와 내가 글꽃을
아름답게 피울수 있을까

부끄럽지 않는 당당함으로
지워지지 않는 그리움으로
그리 머물고 싶다

소중한 씨앗

- 시 윤영 송연화

나에게 가장 소중한 씨앗은
시어가 굴비처럼 줄줄이 엮어져
나오는 글 씨앗이 아닐까

그런 씨앗을 심고싶다
토실한 땅심에다
튼튼한 떡잎을 보고싶다

연두의 꼬물이들 박차고
세상 밖으로 나오는
우람함을 보고싶다

생명의 소중함을 느끼며
너와 내가 글꽃을
아름답게 피울 수 있을까

부끄럽지 않은 당당함으로
지워지지 않는 그리움으로
그리 머물고 싶다

행복한 글꽃

윤영 송연화

하루의 일상속에
글꽃이 꿈틀꿈틀
싱그런 잎이 돋아
줄기에 살이 돋네
미소가 방글이 피어
꽃향기가 번지네

행복이 별거더냐
내 삶을 사랑하리
즐거움 넘쳐나면
그것이 행복이지
삶의 길 피고 지는꽃
향기로움 넘치리

행복한 글꽃

- 시조 윤영 송연화

하루의 일상 속에
글꽃이 꿈틀꿈틀
싱그런 잎이 돋아
줄기에 살이 돋네
미소가 방글이 피어
꽃향기가 번지네

행복이 별거더냐
내 삶을 사랑하리
즐거움 넘쳐나면
그것이 행복이지
삶의 길 피고 지는 꽃
향기로움 넘치리

꽃등

시조 운영 송연화
초글씨 도담 이양희

가녀린 꽃대마다
조로롱 빨간 꽃등
굽이진 오솔길에
훤하게 불 밝히어
꽃마중 등 걸어놓고

형어나 헴들어서
오시지 못할까봐
쉼터에 고이 쉬어
꽃놀이 즐기라고
조롱 조롱 걸었죠

파란잎 싱그러움
살포시 춤을추고
걸어둔 청사초롱
종소리 울리수메
새색시 사랑의표현
고개숙연 수줍음

꽃등

- 시조 윤영 송연화
- 손글씨 도담 이양희

가녀린 꽃대마다
조로롱 빨간 꽃등
굽이진 오솔길에
훤하게 불 밝히어
꽃 마중 등 걸어놓고
기다려요 그대를

행여나 힘들어서
오시지 못할까 봐
쉼터에 고이 쉬어
꽃놀이 즐기라고
잎줄기 사랑 엮어서
조롱조롱 걸었죠

파란 잎 싱그러움
살포시 춤을 추고
걸어둔 청사초롱
종소리 울리는데
새색시 사랑의 표현
고개 숙인 수줍음

여명

- 시조 윤영 송연화
- 손글씨 박윤규

아침에 노란 햇살
창가에 내려앉아
상큼한 하루 시작
반갑게 맞이한다
시작의 찬란한 여명
온 누리에 번진다

하얗게 서리 내려
꽁꽁 언 들녘에도
따스한 햇살 번져
넉넉한 여유로움
포근한 자연 빛 사랑
아름아름 넘치네

초승달

- 시조 윤영 송연화
- 손글씨 박윤규

둥근 해 맞이하며
눈부신 빛가림들
하늘가 언저리에
가느란 눈썹달 빛
살며시 보일 듯 말듯
나뭇가지 앉았네

마주한 그리움들
알알이 풀어놓고
해맑은 미소 흘린
초승달 애처롭네
어디로 떠나가는가
쓸쓸함에 젖는 길

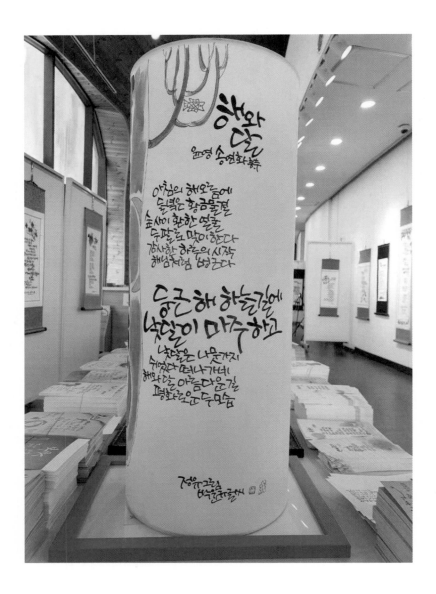

해와 달

- 시조 윤영 송연화
- 손글씨 박윤규

아침의 해오름에
들녘은 황금물결
숲 사이 환한 얼굴
두 팔로 맞이한다
감사한 하루의 시작
해님처럼 벙근다

둥근 해 하늘길에
낮달이 마주하고
낮달은 나뭇가지
쉬었다 떠나가네
해와 달 아름다운 길
평화로운 두 모습

상고대

– 시조 윤영 송연화

– 손글씨 박윤규

나무에 화려한 꽃

가지 끝 뾰족뾰족

알알이 보석처럼

영롱한 무지갯빛

자연이

빚어낸 작품

아름답고 멋져라

겨울 산 마른 나무

상고대 꽃이 피네

그 모습 눈부셔라

탄성이 절로 나네

메아리

울림 되어서

산등성을 넘는다

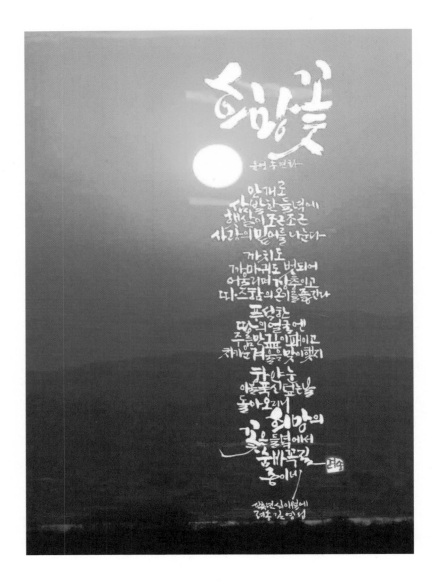

희망꽃

- 시 윤영 송연화
- 손글씨 려송 김영섭

안개로 산발한 들녘에
햇살이 조곤조곤
사랑의 밀어를 나눈다

까치도 까마귀도 벗 되어
어울리며 깡충대고
따스함의 온기 즐긴다

푸석한 땅의 얼굴엔
주름만 깊이 패이고
차가운 겨울을 맞이했지

하얀 눈 이불 푹신 덮는 날
돌아오리니 희망의 꽃은
들녘에서 숨바꼭질 중이네

반가운 손님

 - 시조 윤영 송연화
 - 손글씨 윤현숙

마지막 여름 더위
뜨거움 못 견디네
목숨은 목이 타서
기다린 하늘 손님
타다닥 지붕의 울림
까치발로 뛰었네

이리도 반가울까
목마름 채워주네
생명을 살려주니
입가엔 미소 가득
기다린 반가운 손님
춤사위가 즐겁네

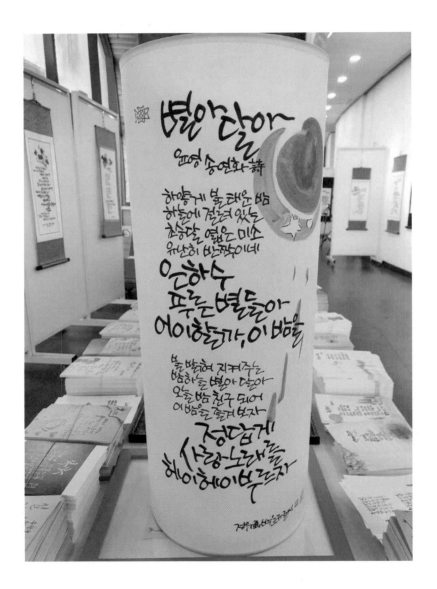

별아 달아

- 시조 윤영 송연화
- 손글씨 박윤규

하얗게 불태운 밤
하늘에 걸려있는
초승달 엷은 미소
유난히 반짝이네
은하수 푸른 별들아
어이할까 이 밤을

불 밝혀 지켜주는
밤하늘 별아 달아
오늘 밤 친구 되어
이 밤을 즐겨보자
정답게 사랑 노래를
헤이헤이 부르자

아침의 사랑

바다 위
오름 잔에 아침이
장엄하다 붉은 해
바닷길을
노랗게 물들이고
신비한
아침의 사랑
파도처럼 밀려서

햇파도 밀려오고
햇살은 물결 위에
달포시 내려앉아
하룻길 반짝이는
바다가 부르는
노래
철썩철썩
진너머

송연화 님 올른 데 승훗

아침의 시작

- 시조 윤영 송연화
- 손글씨 려송 김영섭

바다 위 구름산에
아침 해 장엄하다
붉은 해 바닷길을
노랗게 물들이고
신비한 아침의 시작
파도처럼 밀리네

흰 파도 밀려오고
햇살은 물결 위에
살포시 내려앉아
하룻길 반짝이는
바다가 부르는 노래
철썩철썩 신나네

꽃물

송연희

저 만치서 걸어오는
발자국 소리에
빨강 봉선화 피었다.

그리움이 뚝뚝
추억은 저만치서
어서 오라 손짓하는데
빨강 꽃물 들이면
첫사랑 눈들때
만날수 있으려나

꽃물
- 시 윤영 송연화
- 손글씨 도담 이양희

저만치서 걸어오는
발자국 소리에
빨강 봉선화 피었다

그리움이 뚝뚝
추억은 저만치서
어서 오라 손짓하는데

빨강 꽃물들이면
첫사랑 눈 올 때
만날 수 있으려나

금낭화꽃

- 시조 윤영 송연화
- 손글씨 박윤규

내 사랑 오시는 길
불 밝혀 걸어두고
한없는 마음으로
오로지 기다려요
사뿐히 오시는 그 길
조롱조롱 걸었죠

연등불 밝힌 것도
오직 그대 위하여
봐줘요 금낭화꽃
기다려 피워냈죠
이 세상 오직 한 사람
일편단심 당신뿐

불효자 ♥

지극도 최고의스승이다
최고의 ♥스승이었고
연어는 나에게

신광순님의 글을 겸송하것

신광순님의 '불효자' 중에서

copyright by kimyoungsub

불효자

- 시 신광순
- 손글씨 려송 김영섭

어머니는 나에게
최고의 스승이었고
지금도 최고의 스승이다

- 신광순 〈불효자〉 중에서

6부 싸리빗사루 2013. 3

좋은 친구
들이 있다는
것은 人生
절반은 성공한
것이다.

Kim Youngsub
copyright by kimyoungsub

신광순님의 '불효자' 中
려송 일부 쓰다.

좋은 친구

- 시 신광순
- 손글씨 려송 김영섭

좋은 친구들이
있다는 것은
인생 절반은
성공한 것이다

무(無)

- 시 신광순
- 손글씨 려송 김영섭

오늘 내가
끌고 가는 것은
무엇인가

아버지의 그릇

신광순

살아생전 빈그릇
가져서도 빈그릇

내가슴에 슬픔 그릇
저미도록 아픈 그릇

당신닮아 빈그릇
더 채울것 없는 그릇

내 아버지 산소앞에
개망초만 가득하네

아버지의 그릇

- 시 신광순
- 손글씨 도담 이양희

살아생전 빈 그릇
가셔서도 빈 그릇

내 가슴에 슬픈 그릇
저미도록 아픈 그릇

당신 닮아 빈 그릇
더 채울 것 없는 그릇

내 아버지 산소 앞에
개망초만 가득하네

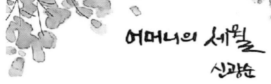

어머니의 세월

신광순

아픈 세월 접어두고
자식 위해 흘린 땀
한탄강을 이루었고

호미자루 움켜쥐고
소리없이 산 세월
허리처럼 굽어졌네

말물 없은 우리 엄니
눈가에 눈물만
그렁그렁

어머니의 세월

- 시 신광순
- 손글씨 도담 이양희

아픈 세월 접어두고
자식 위해 흘린 땀
한탄강을 이루었고

호밋자루 움켜쥐고
소리 없이 삭힌 세월
허리처럼 굽어졌네

말을 잃은 우리 엄니
눈가에는 눈물만
그렁그렁

가을꽃

- 시조 수련 신복록
- 손글씨 려송 김영섭

어둠이 내려앉은
낯선 곳 골목길에
주차장 벽틈에는
가녀린 들꽃 송이
가로등
불빛 아래에
눈꽃 되어 피었네

풀벌레 교향곡은
들리지 아니하고
어둠 속 국화꽃은
이슬에 젖어드니
가을꽃
달빛 속에서
고운 향기 품는다

붉은 여명
- 시조 수련 신복록
- 손글씨 려송 김영섭

드넓은 쪽빛 물결
수평선 끝자락에
새빨간 홍시 하나
찬란히 떠오르니
웅장한
붉은 여명에
설악산이 물든다
햇살이 토해내는
윤슬의 눈부심이
백사장 금빛 보석
별처럼 반짝이니
갈매기
힘차게 날며
아침 노래 부른다

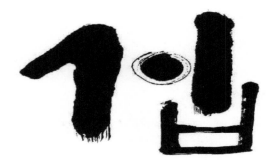

동해의 옥색물결
잔잔히 일렁이면
악동들 살살오오
바닷물 텀벙텀벙
바위에 자연보석들
섞이는 다 바끄다
얼큰한 신국에다
보드란주 삶아들여
오려빨 모여앉아
맛있게 먹던싱글
하련한 그리움되어
추억의 맛 찾는다

임인년 따스한 봄날
신복록 시인 심중을
려총 김영림

섭

- 시 수련 신복록
- 손글씨 려송 김영섭

동해의 옥색 물결
잔잔히 일렁이면
악동들 삼삼오오
바닷물 텀벙텀벙
바위에 자연 보석들
섭 따느라 바쁘다

얼큰한 섭 국에다
보드란 죽 만들어
모래밭 모여앉아
맛있게 먹던 시절
아련한 그리움 되어
추억의 맛 찾는다

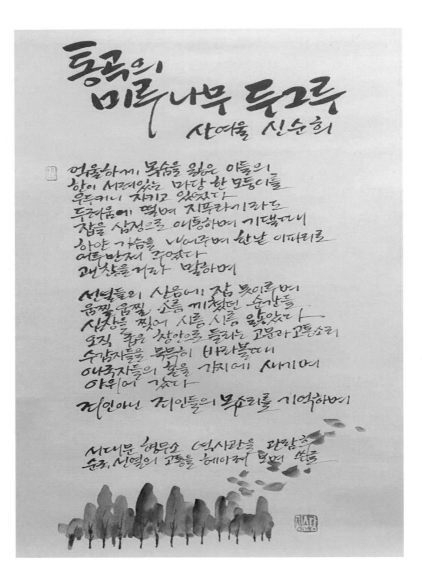

통곡의 미루나무 두 그루

- 산여울 신순희
- 손글씨 정순담

억울하게 목숨을 잃은 이들의
한이 서려 있는 마당 한 모퉁이를
우두커니 지키고 있었다.
두려움에 떨며 지푸라기라도
잡을 심정으로 애통하며 기댈 때
하얀 가슴을 내어주며 한낱 이파리로
어루만져 주었다
괜찮을 거라 말하며

선열들의 신음에 잠 못 이루며
움찔움찔 소름 끼쳤던 순간들
심장을 찢어 시름시름 앓았다
오직 좁은 창 안으로 들리는
고문과 고통 소리
수감자들을 묵묵히 바라볼 때
애국자들의 혼을 가지에 새기며
야위어 갔다.

죄인 아닌 죄인들의 목소리를 기억하며

오월의 봄눈

산여울 신순희

흰 구름 춘설 되어
설악산 내려온 날
대청봉 오월 설경
한 겨울 시샘하니

연둣빛 동화 속 마을
맑은 마음 쌓인다

양지꽃 현호색 꽃
야생화 이마 위에
차갑게 녹아내려
뿌리로 스미는데

아뿔싸 따스한 햇살
안절부절 비친다

오월의 봄눈

– 산여울 신순희

흰 구름 춘설 되어
설악산 내려온 날
대청봉 오월 설경
한겨울 시샘하니

연둣빛 동화 속 마을
맑은 마음 쌓인다

양지꽃 현호색꽃
야생화 이마 위에
차갑게 녹아내려
뿌리로 스미는데

아뿔싸 따스한 햇살
안절부절 비췬다

임진강 다리

산여울 신순희

양쪽을 부둥켜서
시원한 통로 되어
오가는 행인에게
여기가 화해라네
어쩌면 이곳까지도
오지 못할 민초들

한 번 더 품어주고
두려워 말라 하네
같은 선 올라서서
창조적 겨루기는
후대에 길이 보존될
생활유산 슬기 멋

임진강 다리

– 산여울 신순희

양쪽을 부둥켜서
시원한 통로 되어
오가는 행인에게
여기가 화해라네
어쩌면 이곳까지도
오지 못할 민초들

한 번 더 품어주고
두려워 말라 하네
같은 선 올라서서
창조적 겨루기는
후대에 길이 보존될
생활 유산 슬기 멋

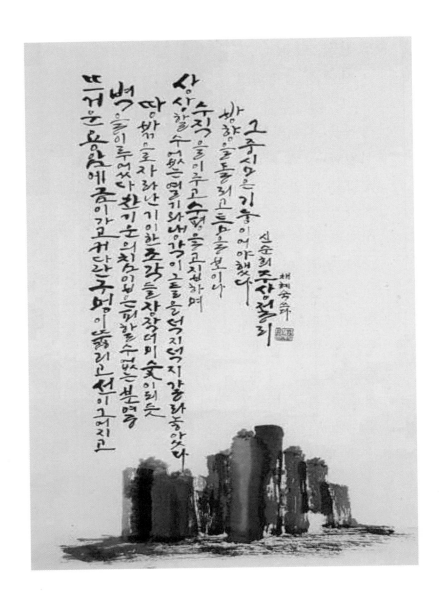

주상절리

- 시 산여울 신순희
- 손글씨 채혜숙

뜨거운 용암에 금이 가고
커다란 구멍이 뚫리고
선이 그어지고
벽을 이루었다
찬 기운의 침입은
피할 수 없는 분열
땅 밖으로 자라난 기이한 조각들
장작더미 숯이 되듯
상상할 수 없는 열기와 냉각이
그들을 덕지덕지 갈라 놓았다
수직을 이루고
수평을 고집하며
방향을 돌리고
틈을 보이나
그의 중심은 기둥이어야 했다

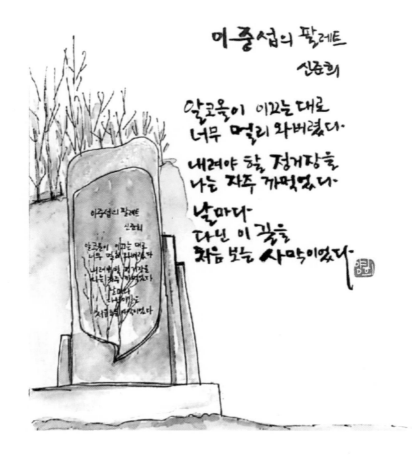

이중섭의 팔레트

신준희

알코올이 이끄는 대로
너무 멀리 와버렸다.

내려야 할 정거장을
나는 자주 까먹었다.

날마다
다닌 이 길을
처음 보는 사막이었다.

이중섭의 팔레트

– 시조 신준희

– 손글씨 도담 이양희

알코올이 이끄는 대로
너무 멀리 와 버렸다

내려야 할 정거장을
나는 자주 까먹었다

날마다
다닌 이 길을
처음 보는 사막이었다

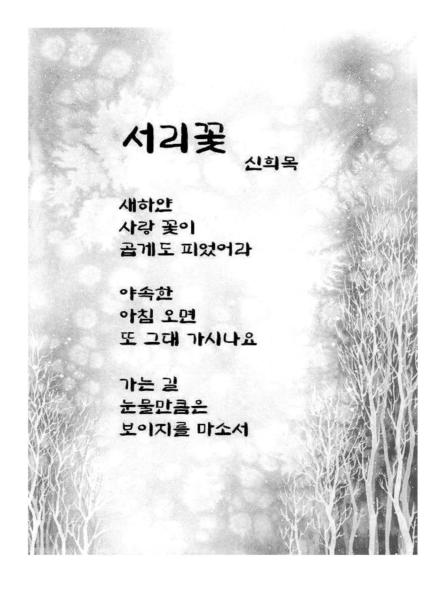

서리꽃

신희목

새하얀
사랑 꽃이
곱게도 피었어라

야속한
아침 오면
또 그대 가시나요

가는 길
눈물만큼은
보이지를 마소서

서리꽃

– 시조 신희목

새하얀
사랑 꽃이
곱게도 피었어라

야속한
아침 오면
또 그대 가시나요

가는 길
눈물만큼은
보이지를 마소서

해무(海霧)

신희목

바람이
몰고 오는
바다는 해무 타래

꼭 잡은
앞 가슴을
비집는 시린 언어

자욱한
어지럼증에
뒤적이는 그날들

해무(海霧)

– 시조 신희목

바람이
몰고 오는
바다는 해무 타래

꼭 잡은
앞가슴을
비집는 시린 언어

자욱한
어지럼증에
뒤적이는 그 날들

산 벚 한그루

누림 안준영

내 팔을 이끌어 아지랑이 피어오르는

굽은 산모퉁이에

나를 가만히 데려다주는 너는

나의 봄이 되고

흩날리는 산벚 꽃잎을 고스란히 받은 나는

한그루 벚나무가 되어

너만이 기댈 수 있는

봄으로 기다리고 있다

산벚 한 그루

- 시 안준영

내 팔을 이끌어 아지랑이 피어오르는
굽은 산모퉁이에
나를 가만히 데려다주는 너는
나의 봄이 되고
흩날리는 산벚 꽃잎을 고스란히 받은 나는
한그루 벚나무가 되어
너만이 기댈 수 있는
봄으로 기다리고 있다

금 긋기

누림 안준영

그어진 선 넘어온
너의 컵 속으로 온통
나의 생각은 빠져버렸다
가슴에
손수건 달았던 시절로 돌아가서는

금을 자를까
금을 지울까
금을 바꿀까

스스로의 잣대로
눈물도 웃음도
내 것인 맘속 금

금 긋기
- 시 안준영

그어진 선 넘어온
너의 컵 속으로 온통
나의 생각은 빠져버렸다
가슴에
손수건 담았던 시절로 돌아가서는

금을 자를까
금을 지울까
금을 바꿀까

스스로의 잣대로
눈물도 웃음도
내 것인 맘속 금

누리장 꽃

누림 안준영

어머니 어머니
우리 어머니
조금만 기다려 주세요
가을이 오면 나들이 저고리에
누리장보석 달아드릴게요

누리장 꽃
– 시 안준영

어머니 어머니
우리 어머니
조금만 기다려주세요
가을이 오면 나들이 저고리에
누리장보석 달아드릴게요

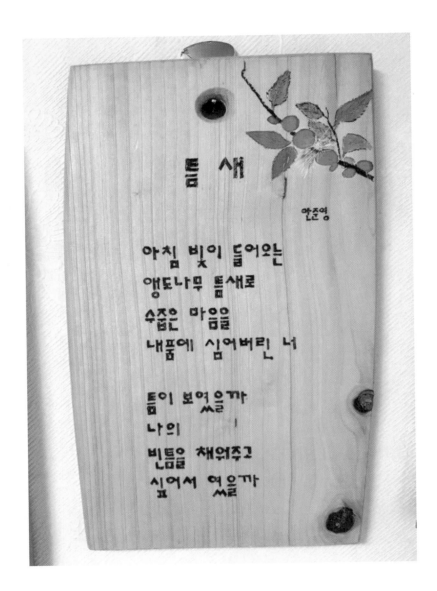

틈새

안준영

아침 빛이 들어오는
앵도나무 틈새로
수줍은 마음을
내품에 심어버린 너

틈이 보였을까
나의
빈틈을 채워주고
싶어서 였을까

틈새

- 시 안준영

아침 빛이 들어오는
앵두나무 틈새로
수줍은 마음을 내 품에 심어버린 너
틈이 보였을까
나의 빈틈을 채워주고 싶어서였을까

황혼
  - 시 양영순
  - 손글씨 박윤규

나뭇가지 사이로 걸쳐 있는 해님
그리움 하나
생각하게 하네요

노을 사이로
어수룩한 모습
어둠이 선연히 보여요

구름 속 노을
환하게 웃으며
잿빛 속에서도
조그만 희망을 찾지요

구름

윤미옥

하늘 속 솜사탕
꽃 구름 두둥실
그리운 님 그리여
살포시 풀어논 마음

허공에 그린 그림
꿈되어 사라져도
가슴 설레여
향기 따라 찾아오네

구름

- 시 윤미옥
- 포토그라피 채은지

하늘 속 솜사탕
꽃구름 두둥실
그리운 임 그리며
살포시 풀어 놓은 마음

허공에 그린 그림
꿈 되어 사라져도
가슴 설레며
향기 따라 찾아오네

가을 흔적
- 시 윤미옥
- 손글씨 박윤규

조각조각 흰 구름
마음 따라 흐르며

부드러운 미소
가을 타고 찾아오네

해 질 녘 노을
아름다운 추억 되어

소리 없는 흔적
낙엽 지듯 떠나가네

148_ 하늘의 언어처럼

5월의 노래

- 시 윤미옥
- 손글씨 박윤규

오월에 푸른빛은
꽃 피는 마음인가
뜰앞에 서성이며
임 마중 나왔더니
어여쁜 꽃송이들
다투어 나왔도다

꽃향기 흩날리니
벌 나비 날아들어
꽃 따라 춤을 추며
보고픔 고이 접어
마음에 담아놓고
봄맞이 떠나련다

사랑

~시조 윤소영~

갈바람 불어오면
춤추는 은행잎들
샛노란 등불들고
임마중 간다하네
행여나 지나칠세라
온세상을 밝히네

갈바람 속삭이면
수줍은 단풍잎들
예쁘게 단장하고
임마중 간다하네
행여나 안 오실까봐
향기 가득 뿌리네

사랑

- 시조 윤소영
- 손글씨 이양희

갈바람 불어오면
춤추는 은행잎들
샛노란 등불 들고
임 마중 간다 하네
행여나 지나칠세라
온 세상을 밝히네

갈바람 속삭이면
수줍은 단풍잎들
예쁘게 단장하고
임 마중 간다 하네
행여나 안 오실까 봐
향기 가득 뿌리네

사랑차

윤소영 늘솔

예쁜 찻잔에 정 한 스푼
사랑 두 스푼을 타서 휘저으면
그리움은 진한 향기로
입 안 가득히 퍼진다

찻잔 속에 담긴 사랑
아득히 먼 지난 날의 사랑을

아직도 잊지 못해 눈시울 적신다

한켠 기억 속에 다가온 아픔은
이제 아름다운 기억으로 남아
추억의 책장을 넘긴다

내 가슴 속에 깊숙이 파고 드는
사랑의 이야기는
은근히 다가와 속삭인다
아직도 한 페이지가 남았다고

정유희 바쁜 가운데 글씨

사랑차

- 시 윤소영
- 손글씨 박윤규

예쁜 찻잔에 정 한 스푼
사랑 두 스푼을 타서 휘저으면
그리움은 진한 향기로
입안 가득히 퍼진다

찻잔 속에 담긴 사랑
아득히 먼 지난날의 사랑을
아직도 잊지 못해 눈시울 적신다

흐린 기억 속에 다가온 아픔은
이제 아름다운 기억으로 남아
추억의 책장을 넘긴다

내 가슴속에 깊숙이 파고드는
사랑의 이야기는
은근히 다가와 속삭인다
아직도 한 페이지가 남았다고

등불

- 시 윤소영
- 손글씨 박윤규

꿈을 꾸어라
속삭이네

늘 내 안에
불을 밝히는
넌 나의 동반자

희망을 밝히는
너의 불빛에
내 마음도
사랑을 불밝히네

사진 이모티콘에서

copyright by kimyoungsub

사랑의 하모니

- 시조 윤소영
- 손글씨 려송 김영섭

노란빛 은행 잎새
사랑이 그리워라

하늘에 꽃무지개
임 마중 가자 하네

연못에 사뿐히 띄워
멍울지는 그리움

봄사랑

누숙 윤소영

향긋한
미소 속에
사랑이 움트는 날

그대가
보고파서
꽃 마음 찾아가요

살며시
문두드리며
가슴 여는 그리움

봄 사랑

- 시 은숙 윤소영
- 손글씨 도담 이양희

향긋한
미소 속에
사랑이 움트는 날

그대가
보고파서
꽃 마음 찾아가요

살며시
문 두드리며
가슴 여는 그리움

목련꽃
-시조, 서화 윤현숙

곱다시
내민 흰 손
바람에 흔들리고

여릿한
날갯짓에
웃음꽃 터지겠지

봄 내음
꽃그늘 아래
고이 접은 손편지

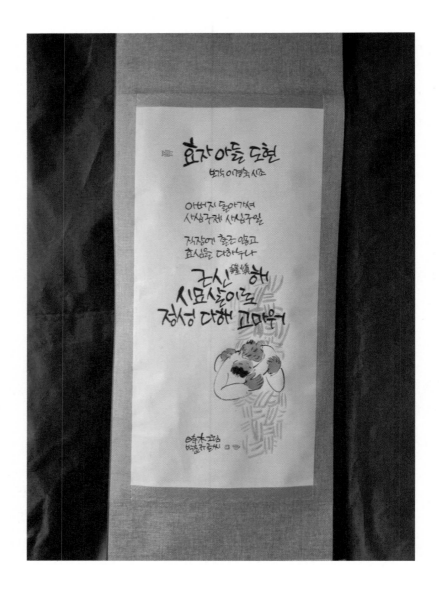

효자 아들 도현

- 시조 보각 이경숙
- 손글씨 박윤규

아버지 돌아가셔
사십 구제 사십구일

직장에 출근 않고
효심을 다 하누나

근신(謹愼)해
시묘살이로
정성 다해 고마워

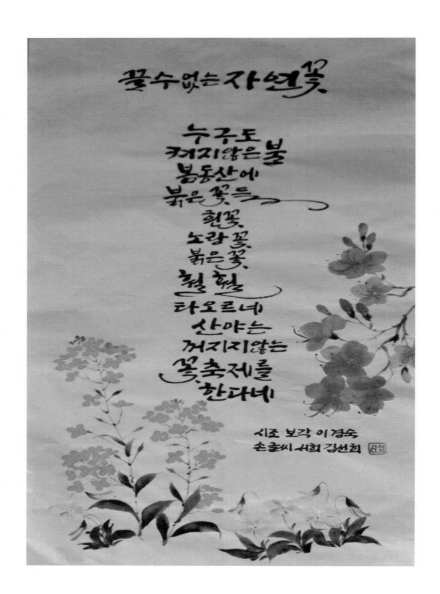

끌 수 없는 자연꽃

- 시조 보각 이경숙
- 손글씨 김선희

누구도 켜지 않은 불
봄 동산에 붉은 꽃들

흰꽃, 노랑꽃, 붉은 꽃
훨훨 타오르네

산야는 꺼지지 않는
꽃 축제를 한다네

웃음꽃

웃으면 피어나서
행복을 만드는 꽃

참으로 기이한 꽃
엔돌핀 만드는 꽃

웃으세 만인우으면
온세상이 꽃동산

보각 이경숙

웃음꽃

– 시서화 보각 이경숙

웃으면 피어나서
행복을 만드는 꽃

참으로 기이한 꽃
엔돌핀 만드는 꽃

웃으세
만인 웃으면
온 세상이 꽃동산

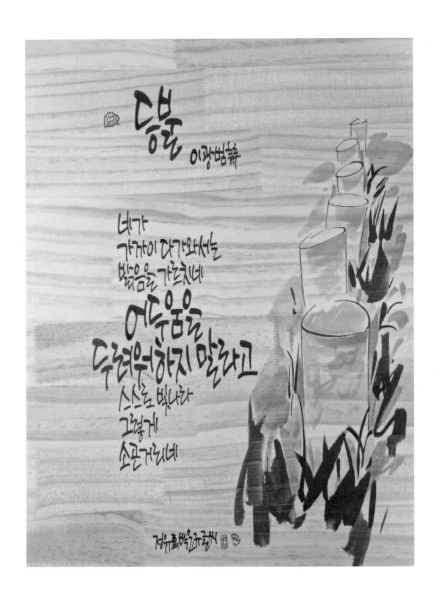

등불
- 시 이광범
- 손글씨 박윤규

네가
가까이 다가와서는
밝음을 가르치네
어두움을
두려워하지 말라고
스스로 빛나라
그렇게 소곤거리네

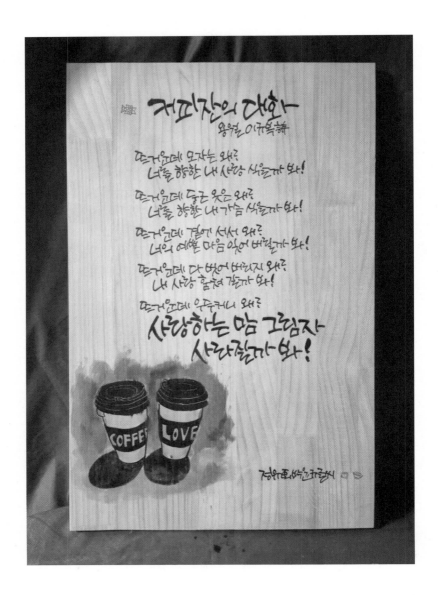

커피잔의 대화

- 시 용월 이규복
- 손글씨 박윤규

뜨거운 데 모자는 왜?
너를 향한 내 사랑 식을까 봐!

뜨거운데 둥근 옷은 왜?
너를 향한 내 가슴 식을까 봐!

뜨거운데 곁에 서서 왜?
너의 예쁜 마음 잊어버릴까 봐!

뜨거운데 다 벗어버리지 왜?
내 사랑 훔쳐갈까 봐!

뜨거운데 우두커니 왜?
사랑하는 맘 그림자 사라질까 봐!

겨울이 오는 길목에서

- 시 옥섬 이기주
- 손글씨 김영섭

화려한 기억들로
떠나기가 아쉬운지
가을은 고운 옷으로
겨울에 매달려
작별 인사가 길다

서리 국화꽃 숨소리가
그리움일 때 비로소
겨울이 겨울일 텐데
지척이는 발걸음에
겨울은 가을을 채근한다

철새의 날개에 업혀
가을이 석별의 정이
아쉬워 손을 흔드니
찬비 소리 앞세우고
겨울은 식은 몸을 디민다

花無十日紅

연산홍 붉게 피운 꽃길을 거닐때면
애틋한 이내 맘을 흔들어 놓더니만
계절이 돌아누워 송이송이 떨구네.

봄나루 언덕길에 피워낸 연산홍은
꽃가슴 품에 안긴 행복도 너무 짧아
샛바랜 하얀 심얼홍 빈 가슴을 헤집네.

열기로 가득했던 연산홍 꽃 시절은
덧 없이 밀려왔다 덧 없이 밀려가네
그리움 가득 남기고 바람 결에 날리네.

시: 玉塘 이기주
서: 春乭 이흥화

화무십일홍

- 시조 옥섬 이기주
- 손글씨 청악 이홍화

연산홍 붉게 피운
꽃길을 거닐 때면
애틋한 이내 맘을
흔들어 놓더니만
계절이 돌아누우니
송이송이 떨구네

봄 나루 언덕길에
피워낸 연산홍은
꽃가슴 품에 안긴
행복도 너무 짧아
색바랜 화무십일홍
빈 가슴을 헤집네

열기로 가득했던
연산홍 꽃 시절은
덧없이 밀려왔다
덧없이 밀려가니
그리움 가득 남기고
바람결에 날리네

장밋빛 문신

햇살이 창문 열고
온 열이 요동하니
정열로 달구어진
장미는 피어나고
빨갛게 타오른 불꽃
웃깃 풀어 내리네

고독의 가슴 앓이
사랑 탑 무너질 때
피었던 그 장미도
시들어 갔었는데
오늘이 촉각을 세워
그 아픔을 부르네.

내 생애 처음 그린
장밋빛 립스틱은
순백의 가슴에다
장미향 안겨 주고
빨갛게 새겨진 문신
낮들 어이 앗을까.

시 : 옥선 이 기 주 🔲 🔲
서 : 청암 이 홍 화 🔲 🔲

장밋빛 문신

- 시 옥섬 이기주
- 손글씨 청악 이홍화

햇살이 창문 열고 온 열이 요동하니
정열로 달구어진 장미는 피어나고
빨갛게 타오른 불꽃 옷깃 풀어 내리네

고독의 가슴앓이 사랑 탑 무너질 때
피었던 그 장미도 시들어 갔었는데
오월이 촉각을 세워 그 아픔을 부르네

내 생애 처음 그린 장밋빛 립스틱은
순백의 가슴에다 장미향 안겨주고
빨갛게 새겨진 문신 난들 어이 잊을까

철쭉꽃 연정

꽃 피는 듯 가는 세월
잡느냐 머무를 까
안타까이 들썩이는
수리산 의 철쭉 꽃이
안쓰가 깊어 해져서
꽃 바람을 냈다네

수리산 걸린 밤은
호느낌을 내밌고서
꽃 눈에 입 맞춰도
호밌이 돋제라니
하늘에 별처럼 멀어
아쉬움만 크다네

철쭉의 붉은 꽃잎
햇빛에 달라 붙어
찰떡히 살 섞어서
꽃잎은 입덧 하네
자연에 거부당하고
낙태 하는 내 봄날.

시 : 도봄 이기준
서화 : 풍송 이청화

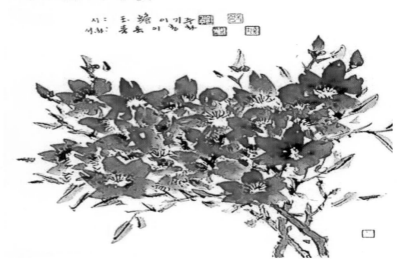

178_ 하늘의 언어처럼

철쭉꽃 연정

- 시조 옥섬 이기주
- 손글씨 청악 이홍화

불난 듯 가는 세월
잡는다 머무를까
덩달아 들썩이는
수리산 철쭉꽃의
안부가 궁금해져서
꽃바람을 냈다네

수리산 걸린 봄은
촉수를 내밀고서
꽃술에 입 맞춰도
출입이 통제라니
하늘에 별처럼 멀어
아쉬움만 크다네

철쭉의 붉은 꽃잎
햇살에 달라붙어
질퍽히 살 섞어서
꽃잎은 입덧하네
자연에 거부당하고
낙태하는 내 봄날

사과꽃 연정

玉蟾 이기주

바람이 지나치고
어둠이 무서워도
꽃눈을 틔우느라
촉촉이 젖어 들고
간지럼 태운 햇살에
그냥 웃어버렸어

조금은 쓸쓸하게
가슴을 비워놓고
솜사탕 같은 마음
꽃잎에 눈 맞추니
순박한 사과꽃 향기
마음 뜰에 앉았네

꽃잎에 오른 바람
코 박고 엎으러져
정열의 빛 오라기
수작을 부려노니
햇살을 아우른 꽃잎
눈부시게 곱다네

사과꽃 연정
— 시조 옥섬 이기주

바람이 지나치고
어둠이 무서워도
꽃눈을 틔우느라
촉촉이 젖어들고
간지럼 태운 햇살에
그냥 웃어 버렸어

조금은 쓸쓸하게
가슴을 비워놓고
솜사탕 같은 마음
꽃잎에 눈 맞추니
순박한 사과꽃 향기
마음 뜰에 앉았네

꽃잎에 오른 바람
코 박고 엎으러져
정열의 빛 오라기
수작을 부려노니
햇살을 아우른 꽃잎
눈부시게 곱다네

인동초

목석 이기주

눈부신 하늘빛에
수줍은 여인처럼
살며시 옷깃 풀며
발그레 붉어진 볼
인고의 아픔을 견딘
인동초의 사랑가

청순한 몸매로서
슬기는 산소같이
향기로 숨어드니
황송함 복에 겹네
인동초 그 여린 몸을
어찌 품어 안을까

인동초

- 시조 옥섬 이기주
- 손글씨 도담 이양희

눈부신 하늘빛에
수줍은 여인처럼
살며시 옷깃 풀며
발그레 붉어진 볼
인고의 아픔을 견딘
인동초의 사랑가

청순한 몸매로서
숨길은 산소같이
향기로 숨어드니
황송함 복에 겹네
인동초 그 여린 몸을
어찌 품어 안을까

청보리 밭
순애보

玉蟾 이기주

애태운 보릿고개
찌들게 가난해도
청보리 익어가면
단옷날 그네 타고
풋사랑 꼬드길 때에
휘적시던 새가슴

지금은 부서져 간
풋풋한 추억들로
한 자락 여운 되어
추억을 쓸고 가네
한 걸음 내딛지 못한
아름다운 순애보

청보리밭 순애보
- 시조 옥섬 이기주

애태운 보릿고개
찌들게 가난해도
청보리 익어가면
단옷날 그네 타고
풋사랑 꼬드길 때에
휘적시던 새가슴

지금은 부서져 간
풋풋한 추억들로
한 자락 여운 되어
추억을 쓸고 가네
한 걸음 내딛지 못한
아름다운 순애보

월하미인

옥섬 이기주

진줏빛 옷깃 풀고
달빛을 유혹하니
품속에 젖어들어
이 아니 좋을쏘냐
사랑을 나눈 그 밤은
왜 그리도 짧았는지

멍울진 가슴속에
그리워 오매불망
백혈을 쏟아붓고
월하에 몰아쉰 숨
조용히 꽃잎 다물고
고개 떨궈 버리네

월하미인

- 시조 옥섬 이기주
- 손글씨 도담 이양희

진줏빛 옷깃 풀고
달빛을 유혹하니
품속에 젖어 들어
이 아니 좋을쏜가
사랑을 지핀 그 밤은
왜 그리도 짧은지

멍울진 가슴속에
그리워 오매불망
백혈을 쏟아붓고
월하에 몰아쉰 숨
조용히 꽃잎 다물고
고개 떨궈 버리네

바람길

시연 이영순

햇발이 길게 가늠자를 넘어서
솔밭을 가로지르고

오솔길 딛는 발걸음
불쑥불쑥 울렁이고
애기풀이 일어선다

자다깬 봄까치 미소짓고
재너머 메밀밭 삭정이
풀씨만 날리는데
덤불 속
마알간 엘레지 수줍은 눈맞춤

바람길 더듬는 봄풀 향기는
언마음 스르르 빗장 열어
따스한 눈길로 꽃눈을 연다

바람꽃 한줄기
산천을 돌아 안기니
터지는 심연의 꽃

바람길

- 시 시연 이명순

햇발이 길게 가늠자를 넘어서
솔밭을 가로지르고

오솔길 딛는 발걸음
불쑥불쑥 울렁이고
애기풀이 일어선다

자다 깬 봄까치 미소 짓고
재 너머 메밀밭 삭정이
풀씨만 날리는데
덤불 속
마알간 엘레지 수줍은 눈맞춤

바람길 더듬는 봄풀 향기는
언 마음 스르르 빗장 열어
따스한 눈길로 꽃눈을 연다

바람꽃 한줄기
산천을 돌아 안기니
터지는 심연의 꽃

글벗들
모여앉은 글과 쉼쉼터
에는 웃음 꽃 훈훈호호
날마다 글 꽃피네
옹골찬 글 열매주렁
주렁 열렸네
기산도
마음속아 글밭에
달려가며 너와나
행복나는 사랑과
지혜얻고
그말로 옹잘피
글꽃아픈 마음달렜다
머리가
복잡하고 마음이아픈
사람편안한
마음으로 글꽃을
바라보라
따뜻한 어어의위로
지친마음 쉬는곳

이명주님의글을
대충기오명심꽃

글벗 사랑
- 시조 글빛 이명주
- 손글씨 려송 김영섭

글벗들 모여 앉은
글 나눔 쉼터에는
웃음꽃 하하호호
날마다 글꽃 피네
옹골찬
글 나무 열매
주렁주렁 열렸네

진실한 마음 담아
글밭에 달려가면
너와 나 행복 나눔
사랑과 지혜의 숲
글말로
활짝 핀 글숲
아픈 마음 달랜다

머리가 복잡하고
마음이 아픈 사람
편안한 마음으로
글꽃을 바라보라
따뜻한
언어의 위로
지친 마음 쉬는 곳

커피 한 잔 할까요

글빛 이명주

그대 향기 그윽한 곳
알콩달콩 이야기꽃
상기된 붉은 얼굴
오롯이 당신 생각
그대여
그리움 담아
커피 한 잔 할까요

달콤한 너의 입술
내 입술 닿을 때면
그대는 내 마음을
더욱더 그립게 해
우리의
흘러간 추억
아스라이 펼친다

커피 한 잔 할까요

- 시조 글빛 이명주
- 포토그라피 채은지

그대 향기 그윽한 곳
알콩달콩 이야기꽃
상기된 붉은 얼굴
오롯이 당신 생각
그대여
그리움 담아
커피 한 잔 할까요

달콤한 너의 입술
내 입술 닿을 때면
그대는 내 마음을
더욱더 그립게 해
우리의
흘러간 추억
아스라이 펼친다

동행

글빛 이영주

순백의 드레스를
곱게 입고 갈게요
연둣빛 정장 입고
그대는 오시어요
오색꽃
흐드러진 뜰
너와 나의 언약식

초록빛 잎이 돋듯
하얀꽃 피어나고
아름다운 꽃동산에
우리 사랑 펼쳐봐요
나는 꽃
그대는 잎새
함께 피는 사랑꽃

동행

- 시조 글빛 이명주
- 포토그라피 채은지

순백의 드레스를
곱게 입고 갈게요
연둣빛 정장 입고
그대는 오시어요
오색꽃
흐드러진 뜰
너와 나의 언약식

초록빛 잎이 돋듯
하얀 꽃 피어나고
아름다운 꽃동산에
우리 사랑 펼쳐봐요
나는 꽃
그대는 잎새
함께 피는 사랑꽃

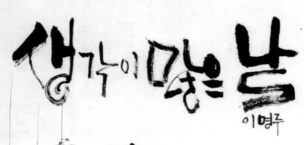

생각이 많은 날

이명주

날씨는
내 마음처럼
천둥이 치고
세웠는 빗줄기는
하염없이 흘러
내리는 눈물같아라
아침부터 흐리든
마음은 갈 곳을
찾지 못하고
애써 외면해도
나를 붙잡고
놓아주려하지 않네

2021. 10. 6 려송적다

생각이 많은 날
- 시조 글빛 이명주
- 손글씨 려송 김영섭

날씨는
내 마음처럼
천둥이 치고

세찬 빗줄기는
하염없이
흘러내리는
눈물 같아라

아침부터 흐리던
마음은 갈 곳을
찾지 못하고

애써 외면해도
나를 붙잡고
놓아주려 하지 않네

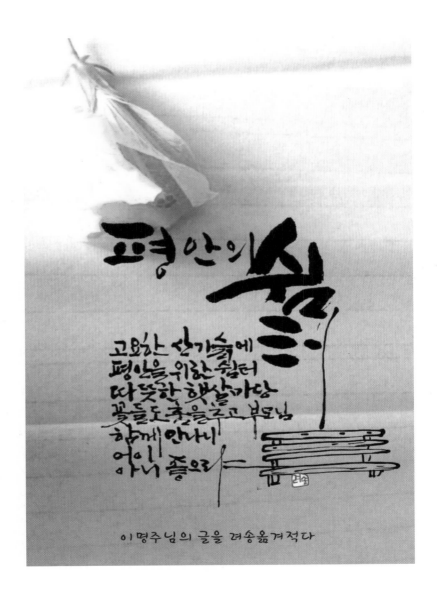

평안의 쉼

고요한 산기슭에
평안을 위한 쉼터
따뜻한 햇살마당
꽃들도 춤을 추고 부모님
함께 만나니
어이 아니 좋으리

이명주 님의 글을 겨송 옮겨 적다

평안의 쉼터

- 시조 글빛 이명주
- 손글씨 려송 김영섭

고요한 산기슭에
평안을 위한 쉼터

따뜻한 햇살마당
꽃들도 춤을 추고

부모님
함께 만나니
어이 아니 좋으랴

봄처녀

글빛 이영주

묶었던 두툼한 옷
훌훌훌 벗어놓고
봄내음 폴폴나는
동산에 살풋 앉아
한송이
향기를 담아
봄꽃으로 피었네

꽃처럼 아름답고
빛나는 향기로움
꽃잎도 날개옷에
눈부신 벚꽃 웃음
설렌맘
산골 봄처녀
부푼 가슴 터지네

봄 처녀

- 시조 글빛 이명주
- 포토그라피 채은지

묶었던 두툼한 옷
훨훨 훨 벗어놓고
봄 내음 폴폴 나는
동산에 살풋 앉아
한 송이
향기를 담아
봄꽃으로 피었네

꽃처럼 아름답고
빛나는 향기로움
꽃잎은 날개옷에
눈부신 벚꽃 웃음
설렌 맘
산골 봄 처녀
부푼 가슴 터지네

구름가족

글빛 이명주

새파란 하늘보면
가슴 설렙니다
엄마구름 아기구름
어디로 가는 걸까
사뿐히
바람을 타고
아빠 구름 만나요

바람을 싱싱 타고
그리운 가족품에
행복한 구름가족
한곳에 옹기종기
서로의
마음 기대어
행복여행 떠나요

Yanghee's©

구름 가족

- 시조 글빛 이명주
- 손글씨 도담 이양희

새파란 하늘 보면
가슴이 설렙니다
엄마 구름 아기 구름
어디로 가는 걸까
사뿐히
바람을 타고
아빠 구름 만나요

바람을 싱싱 타고
그리운 가족 품에
행복한 구름 가족
한 곳에 옹기종기
서로의
마음 기대어
행복 여행 떠나요

옥색치마

봉판 이 서연

봄이면 봄 나들이 가시던
엄마-
바람떡, 김밥 싸서
앞산으로 벚꽃놀이 갔었지
옥색치마 꽃잎처럼
휘날리더니
꽃잎도 치마따라 흔들리더니
엄마의 옥색치마는
지금쯤 어디로 가고 있는지-

옥색 치마

- 시 봉필 이서연
- 손글씨 이양희

봄이면 봄나들이 가시면
엄마
바람떡 김밥 싸서
앞산으로 벚꽃놀이 갔었지
옥색 치마 꽃잎처럼 휘날리더니
꽃잎도 치마 따라 흩날리더니
엄마의 옥색 치마는
지금쯤 어디로 가고 있을까

딸의 빈자리

- 시 봉필 이서연
- 손글씨 박윤규

매일 잠자는 시간만 빼고
함께 했던 딸

딸이 결혼해서 떠난 후
나 혼자 생활하니
금방 알겠더라

얼마나 의지하고 살았나
딸도 나를 의지 했었을까

딸은 나에게
진주 보석보다
아름다운 존재
그리고
또 다른 나였다

딸과 성묘

이서연

딸과 부모님을 뵈러갔다
생전의 고우셨던 어머니
인정 많은 아버지

북어포 막걸리에 소주까지
올 봄에 캔 쑥으로
쑥떡도 올려 드렸다

잘 드셨을까
부모님이 반겨 주시는 듯
뻐꾹이만 대신 울음 우는데
뵐 수 없는 부모님 얼굴

오늘 밤 꿈속에서
한번쯤 젊은 모습으로
두분이 오셨으면 좋겠다

딸과 성묘
- 시 봉필 이서연

딸과 부모님을 뵈러 갔다
생전의 고우셨던 어머니
인정 많은 아버지

북어포 막걸리에 소주까지
올봄에 캔 쑥으로
쑥떡도 올려 드렸다

잘 드셨을까
부모님이 반겨 주시는 듯
뻐꾸기만 대신 울음 우는데
뵐 수 없는 부모님 얼굴

오늘 밤 꿈속에서
한 번쯤 젊은 모습으로
두 분이 오셨으면 좋겠다

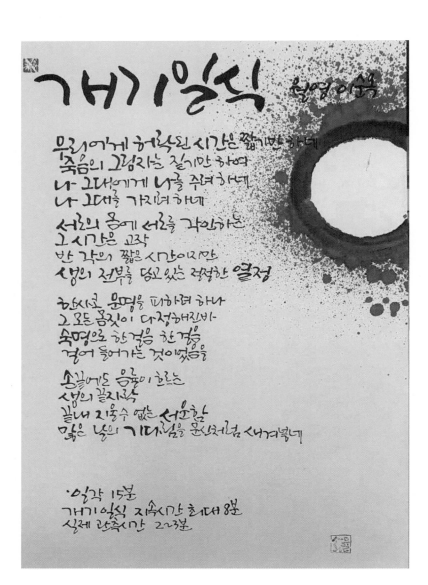

개기일식

헌영 이순복

우리에게 허락된 시간은 짧기만 하네
죽음의 그림자는 짙기만 하여
나 그대에게 나를 주려하네
나 그대를 가지려하네

서로의 몸에 서로를 각인하는
그 시간은 고작
반 각의 짧은 시간이지만
생의 전부를 담고 있는 혁혁한 열정

혼신으로 운명을 피하려 하나
그 모든 몸짓이 다정해진바
숙명으로 한걸음 한걸음
걸어 들어가는 것이었음을

손끝에도 음율이 흐르는
생의 끝자락
끝내 지울수 없는 서운함
맑은 넋의 기다림을 문신처럼 새겨놓네

·일각 15분
개기일식 지속시간 최대 8분
실제 관측시간 2~3분

개기일식
- 시 월영 이순옥
- 손글씨 송율 차해정

우리 어제 허락된 시간은 짧지만
죽음의 그림자는 짙기만 하여
나 그대에게 나를 주려 하네
나 그대를 가지려 하네

서로의 몸에 서로를 각인하는
그 시간은 고작
반각의 짧은 시간이지만
생의 전부를 담고 있는 적절한 열정

한사코 운명을 피하려 하네
그 모든 몸짓이 다정해진 바
숙명으로 한 걸음 한 걸음
걸어 들어가는 것이었음을

손끝에도 음률이 흐르는
생의 끝자락
끝내 지울 수 없는 허전함
많은 날의 기다림을 문신처럼 새겨 넣네

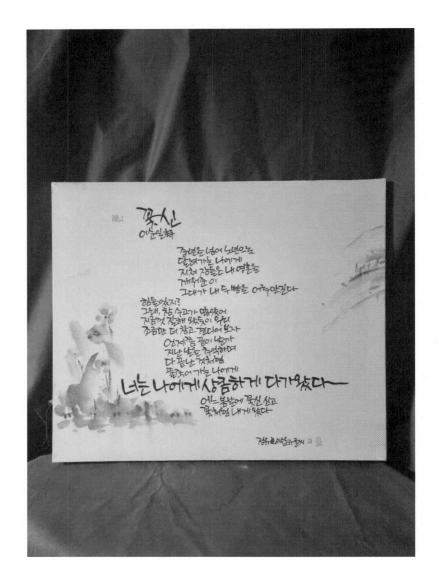

꽃신

- 시 이순일
- 손글씨 박윤규

중년을 넘어 노년으로
달려가는 나에게
지쳐 잠들은 내 영혼을
깨워준 이
그대가 내 두 뺨을 어루만진다

힘들었지?
그래, 참 수고가 많았어
지금껏 잘해 왔듯이 우리
조금만 더 참고 견디어 보자

언제쯤 끝이 날까
지난 날을 추억하며
다 끝난 것처럼
풀 죽어 가는 나에게
너는 나에게 상큼하게 다가왔다

어느 봄날에 꽃신 신고
꽃처럼 내게 왔다

보조개

이순일

꽃비가 날리던 날
누구의 어미로 살아왔던
나이테의 누더기를 살핀다.

살갑게 입었던 옷과
허름한 신발을 벗어 놓는다.

순일아
여기 맨몸으로 잠시 누워보렴

벌떼들이 잉잉거린다
수줍게 미소띤 봄우물 속으로
살포시 뛰어든다.

순일아
너의 보조개가
바로 꽃이었구나.

Sanghee

보조개

- 시 이순일
- 손글씨 도담 이양희

꽃비가 날리던 날
누구의 어미로 살아왔던
나이테의 누더기를 살핀다

살갑게 입었던 옷과
허름한 신발을 벗어놓는다

순일(順一)아,
여기 맨몸으로 잠시 누워 보렴

벌떼들이 앵앵거린다
수줍게 미소 띤 볼우물 속으로
살포시 뛰어든다

순일아!
너의 보조개가
바로 꽃이었구나

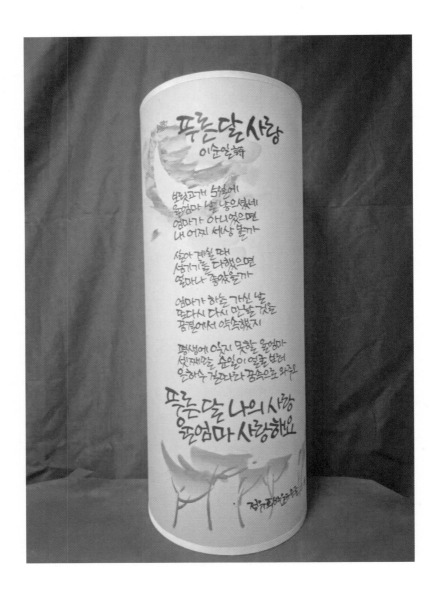

푸른달 사랑

- 시 이 순 일
- 손글씨 박 윤 규

보릿고개 5월에
울 엄마 날 낳으셨네
엄마가 아니었으면
내 어찌 세상 볼까

살아계실 때
섬기기를 다했으면
얼마나 좋았을까

엄마가 하늘 가신 날
또다시 다시 만날 것을
꿈결에서 약속했지

평생에 잊지 못할 울 엄마
셋째딸 순일이 얼굴 보러
은하수길 따라 꿈속으로 와주오

푸른 달 나의 사랑
울 엄마 사랑해요

사랑과 우정 사이

- 시 이순일
- 손글씨 박윤규

은순아
내 앞에서 네가 좋아하는
너의 밝은 미소를 보았어
우정이라는
사랑의 꽃등을 밝혀 보낸다
친구라는 이름으로 말이야

이젠 우정이라는 이름으로
너는 나의 친구가 되고
나는 너의 벗이 될게
이제 꽃등 들고 내게오렴

너를 사랑한다고 말할래
내 심장이 너에게
늘 말을 걸고 있단다.
'은순아, 널 사랑해'

고향길

- 시 이순일
- 손글씨 박윤규

해무 짙게 내려 앉은
안면도 해변가
안개 이불 걷어내니
짙은 초록 안면송이
강직한 선비로다

고단한 삶 속에서
소박한 엄마의 모습
온화하고 자애로운 그 미소
그리워라 내 고향

세월 가는 소리를 들으며
발길 닿는 대로 걸어보자

해솔길 기지포의 해송숲을
우리 함께 걸어보자

어머니로 다가온 언니

- 시 이순일
- 손글씨 박윤규

세월에 빛나는 아름다운 여인
당신의 모습은 어머니 품안이었습니다
당신은 얼굴이 빛나면 빛날수록
온몸은 시뻘겋게 달아오릅니다
가슴뛰는 열풍은 온몸을 감쌉니다

당신의 품속엔
어머니 같은 온화한 사랑 가득합니다
여백의 화선지에 꽃처럼
아름다운 그림이 가득합니다

가족으로의 만남
나의 언니 김종애 여사님
엄마같은 언니
친구로 다가온 언니
감사합니다
그리고 사랑합니다

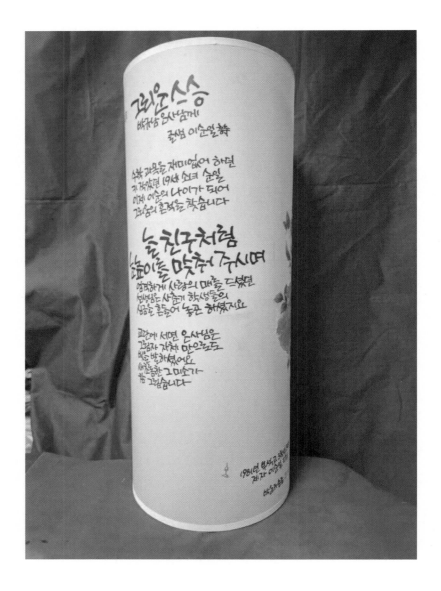

그리운 스승 - 박규남 은사님께

- 시 이순일
- 손글씨 박윤규

수학 과목을 재미없어하던
키 작았던 19세 소녀 순일
이제 이순이 나이가 되어
그리움의 흔적을 찾습니다

늘 친구처럼
눈높이를 맞춰주시며
엄격하게 사랑의 매를 드셨던
선생님은 사춘기 학생들의
심금을 흔들어 놓곤 하셨지요

교단에 서면 은사님은
그림자 자체만으로도
빛을 발하셨어요
새초롬한 그 미소가
참 그립습니다

- 1981년 부석고 3학년 3반 제자 이순일 드림

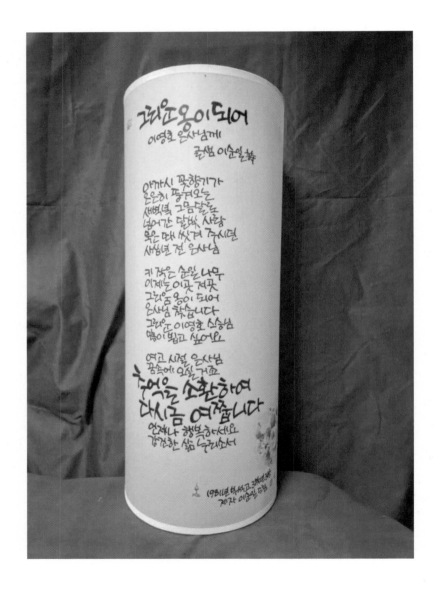

그리움 옹이 되어 - 이영호 은사님께

- 시 이순일

손글씨 박윤규

아까시 꽃향기가
은은히 풍겨오는
새벽녘 그믐달로
넘어간 달빛 사랑
묵은 때 씻겨주시던
사십 년 전 은사님

키 작은 순일 나무
이제는 이곳저곳
그리움 옹이 되어
은사님 찾습니다
그리운 이영호 스승님
많이 뵙고 싶어요

여고 시절 은사님
꿈속에 오실 거죠
추억을 소환하여
다시금 여쭙니다
언제나 행복하세요
강건한 삶 누리소서

- 1981년 부석고 3학년 3반 제자 이순일 드림

동행

이연홍

꽃 같던 젊은 날들
환영에 물들이고
어느새 저마다의
빛깔로 내려앉아
삼십 년 넘는 세월을
함께라는 동행에

제각기 다른 색깔
다른 길 같았는데
이제는 나보다 더
나를 더 닮은듯한
당신의 풋풋한 향기
내 안에서 피운다

동행

- 시조 이연홍
- 손글씨 박윤규

꽃 같던 젊은 날들
환영에 물들이고
어느새 저마다의
빛깔로 내려앉아
삼십 년 넘는 세월을
함께라는 동행에

제각기 다른 색깔
다른 길 같았는데
이제는 나보다 더
나를 더 닮은듯한
당신의 풋풋한 향기
내 안에서 피운다

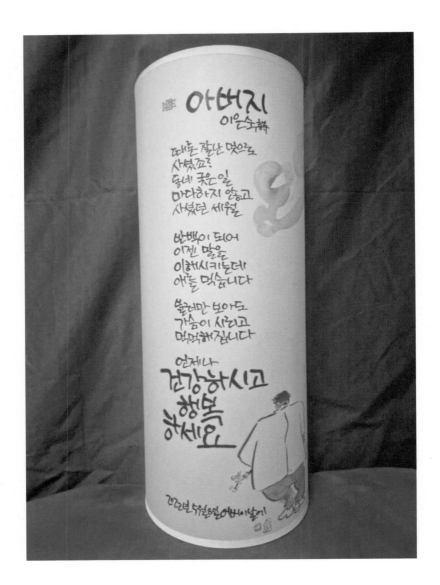

아버지

- 시 이은숙
- 손글씨 박윤규

때론 잘난 멋으로
사셨죠?
동네 궂은일
마다하지 않고
사셨던 세월

반백이 되어
이젠 말을
이해시키는데
애를 먹습니다

불러만 보아도
가슴이 시리고
먹먹해집니다.

언제나
건강하시고
행복하세요

2022년 5월 8일 어버이날에

나의 인생
나의 가족

시조 이재철

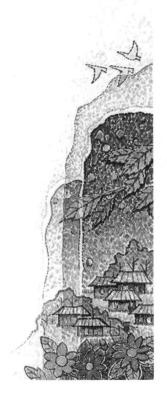

며느리는 내 아들을
사랑으로 받들 사람
인의예지 슬기롭고
곱게 자란 요조숙녀
내 어이 이런 며느리
공경하지 않으리,

손자는 내 아들을
봉양하고 섬길사람
신체발부 수지부모
불감훼상 효지시야
내 손자 군자 되도록
공경으로 섬기리라

사위는 고운 내 딸
사랑으로 감쌀 사람
내 어이 그 사위를
공경하지 않겠는가
효로써 부모섬기면
가문번창 하리라

나의 인생 나의 가족

- 함주 이재철
- 손글씨 윤현숙

며느리는 내 아들을
사랑으로 받들 사람
인의예지 슬기롭고
곱게 자란 요조숙녀
내 어이 이런 며느리
공경하지 않으리

손자는 내 아들을
봉양하고 섬길 사람
신체발부 수지부모
불감훼상 효지시야
내 손자 군자 되도록
공경으로 섬기리라

사위는 고운 내 딸
사랑으로 감쌀 사람
내 어이 그 사위를
공경하지 않겠는가
효로써 부모섬기면
가문번창 하리라

봉선화 대장으로

- 시 만당 이종갑
- 손글씨 소녀붓샘 윤현숙

어눌한 말투로 앞에 나서면
양 볼에 빨개진 모습이 조금
바보스럽습니다. 늘 저요. 저요
손들어 나서지도 못하고
이등의 연속이었습니다

멋지게 보이려 머리카락에
물기름 발라 세우고
당신 앞에 나섰습니다
그런데 세상의 최고가
일등이 아니란 걸 알았습니다

어느 날 길가에 초라하게
움츠린 봉선화에 조리개 물
똑똑 생기를 주고부터
난 봉선화대장이 되었습니다

사랑살이

－ 시서화 윤필 이종재

이렇다 하며 웃다가
저렇게 서러워 울다가
하며 살아온 그대라서

미련한 주름이
문대면 다시 지고
털고 나면 더 쌓이는데

차가운 손끝 가슴으로 데우고
미련한 듯 바라보는 눈길은
아무리 용을 써도 돌아설 수 없으니

마지못해 보내는,
기다리던 그 날의 여운을
길게 이어붙인 매듭이
스르르 풀린 연기가 될 때까지

붉은 실 이은 인연에
꼭 잡은 사랑이라
하며 살아온 그대라서

연가

- 작사 이지아, 작곡 정대성
- 손글씨 박윤규

황혼의 지는 해가 서산에 걸려
지는 것이 아쉬워 머뭇거리고
갈대숲 밑자락을 맴돌면서
임 그리워 우는 원앙새

긴긴 이밤 별들의 속삭임
질투나게시리 다정한데 그리운 당신은
왜 이리도 나를 울립니까
내 작은 바람이 하나 있다면
당신을 내 가슴에 묻어두고서
행복을 꿈꾸는 여자이고싶어요
나는 당신의 여자랍니다.

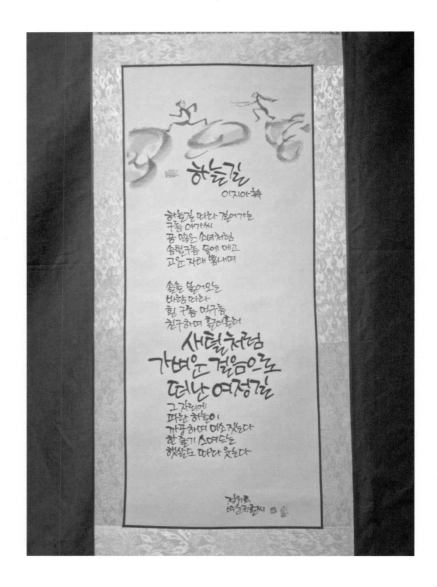

하늘길

- 시 이지아
- 손글씨 박윤규

하늘길 따라 걸어가는
구름 아가씨
꿈 많은 소녀처럼
솜털 구름 등에 메고
고운 자태 뽐내며

솔솔 불어오는
바람 따라
흰 구름 먹구름
친구하며 흘러 흘러
새털처럼
가벼운 걸음으로
떠난 여정 길
그 자리에
파란 하늘이
까꿍하며 미소 짓는다
한줄기 스며드는
햇살도 따라 웃는다.

봄의 꿈

임선형

여기저기서 소근소근
속살거리는 소리들이
귓가를 간지르네요
서로 앞다투어 얼굴을
내보이려는 아우성들이 들리시지요
조만간 연둣빛이 세상을
감싸안을 겁니다
우리네 삶도 새싹이 돋듯이
새로운 희망의 싹이 트기를...

봄의 꿈
– 시 임선형

여기저기서 소근소근
속살거리는 소리들이
귓가를 간지르네요
서로 앞다투어 얼굴을
내보이려는 아우성들이 들리시지요
조만간 연둣빛이 세상을
감싸 안을 겁니다
우리네 삶도 새싹이 돋듯이
새로운 희망의 싹이 트기를…

인동초 꽃

임선형

그윽한 향기품어
내님의 소식담아
나에게 다가왔나
언제나 그리운 임
두눈에 듬뿍 담아서
가슴 가득 채울까

나그네 발걸음을
붙잡는 인동초 꽃
바람에 흔들리는
고운 향기 한스푼
그대여
사랑하는이
가슴 채워 주네요

yonghoed

인동초꽃

- 시조 임선형
- 손글씨 도담 이양희

그윽한 향기 품어
내 임의 소식 담아
나에게 다가왔나
언제나 그리운 임
두 눈에 듬뿍 담아서
가슴 가득 채울까

나그네 발걸음을
붙잡는 인동초꽃
바람에 흔들리는
고운 향기 한 스푼
그대여
사랑하는 이
가슴 채워 주네요

각시붓꽃

임재화

푸른 잎새 뒤에 숨어서
보랏빛 그윽한 모습
살포시 웃음 지으며 피어난 그대
어쩌나, 내 마음 깊은 곳
오롯이 임을 향한 그리움 익어서
나도 모르게 활짝 피었네
보라색 각시붓꽃 그윽한 향기
이제 더는 감출 수 없는 내 모습
날마다 사모하는 임을 향한 그리움

푸른 잎새 뒤에 숨어서
보랏빛 그윽한 모습
살포시 웃음 지으며 피어난 그대
어쩌나, 내 마음 깊은 곳
오롯이 임을 향한 그리움 익어서
나도 모르게 활짝 피었네
보라색 각시붓꽃
이제 더는 감출 수 없는 내 마음
언제나 사모하는 임을 향한 그리움

각시붓꽃

- 시 임재화

푸른 잎새 뒤에 숨어서
보랏빛 그윽한 모습
살포시 웃음 지으며 피어난 그대
어쩌나, 내 마음 깊은 곳
오롯이 임을 향한 그리움 익어서
나도 모르게 활짝 피었네
보라색 각시붓꽃 그윽한 향기
이제 더는 감출 수 없는 내 모습
날마다 사모하는 임을 향한 그리움

푸른 잎새 뒤에 숨어서
보랏빛 그윽한 모습
살포시 웃음 지으며 피어난 그대
어쩌나, 내 마음 깊은 곳
오롯이 임을 향한 그리움 익어서
나도 모르게 활짝 피었네
보라색 각시붓꽃
이제 더는 감출 수 없는 내 마음
언제나 사모하는 임을 향한 그리움

그대의 향기

임재화

눈꽃처럼 하얀 매화 꽃송이
살며시 다가오는 그대의 향기
고운 임 아름다운 모습 되어서
내 가슴에 오롯이 안겨 옵니다.
지그시 눈을 감고 서 있을 때
어디선가 한 줄기 바람이 불어오더니
더욱더 그윽한 꽃향기가
내 주위를 떠다닙니다.

눈꽃처럼 하얀 매화 꽃송이
살며시 다가오는 그대의 향기
고운 임 아름다운 모습 되어서
내 가슴에 오롯이 안겨 옵니다.
그윽한 매화 꽃향기 찾아서
가까이 다가서면 어디론가 숨어버리고
멀찍이 물러서면 또다시
꽃향기가 내 주위를 떠다닙니다.

그대의 향기

- 시 임재화

눈꽃처럼 하얀 매화 꽃송이
살며시 다가오는 그대의 향기
고운 임 아름다운 모습 되어서
내 가슴에 오롯이 안겨 옵니다.
지그시 눈을 감고 서 있을 때
어디선가 한 줄기 바람이 불어오더니
더욱더 그윽한 꽃향기가
내 주위를 떠다닙니다.

눈꽃처럼 하얀 매화 꽃송이
살며시 다가오는 그대의 향기
고운 임 아름다운 모습 되어서
내 가슴에 오롯이 안겨 옵니다.
그윽한 매화 꽃향기 찾아서
가까이 다가서면 어디론가 숨어버리고
멀찍이 물러서면 또다시
꽃향기가 내 주위를 떠다닙니다.

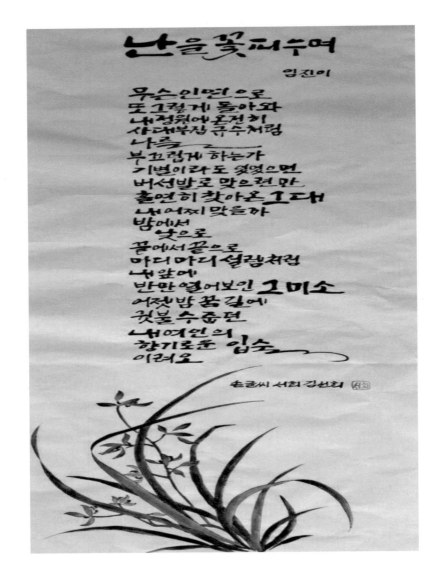

난을 꽃 피우며

임진이

무슨 인연으로
또 그렇게 돌아와
내 정원에 온전히
상대부잡 군수처럼
나를
부끄럽게 하는가
기별이라도 엿엿으면
버선발로 맞으련만
홀연히 찾아온 그대
내 어찌 맞을까
밤에서
낮으로
꿈에서 끝으로
마디마디 설렘처럼
내 앞에
반만 열어보인 그 미소
어젯밤 꿈길에
귓볼 수줍던
내 여인의
향기로운 입술
이려오

손글씨 서희 강선희 [인]

난을 꽃 피우며
- 시 여경 임진이
- 손글씨 김선희

무슨 인연으로
또, 그렇게 돌아와
내 정원에 온전히
사대부집 규수처럼
나를 부끄럽게 하는가
기별이라도 있었으면
버선발로 맞으련만
홀연히 찾아온 그대
내 어찌 맞을까
밤에서 낮으로
끝에서 끝으로 마디마디 설렘처럼
내 앞에 반만 열어 보인 그 미소
어젯밤 꿈길에 귓불 수줍던
내 여인의 향기로운 입술이려오

꽃, 피울때 까지

서현 임효숙

화
바람이 불어온다

왠지 서서 이길수 있겠니
흔들릴뿐 고요하다.

다 비우고 버려서 텅빈 날
대지위의 스치는 바람도 가볍다

바람이 속삭인다.
널 사랑했어 미안해요

바람에 옷깃 사이로
온기를 넣으며 날 토닥인다.

아주 긴 시간동안
예쁜 꽃 피울때까지

kanghee

꽃 피울 때까지

- 시 서현 임효숙
- 손글씨 도담 이양희

획
바람이 불어온다

왠지 서서 이길 수 있게
흔들릴 뿐 고요하다

다 비우고 버려서 텅 빈 날
대지 위의 스치는 바람도 가볍다

바람이 속삭인다
널 사랑했어 미안해요

바람이 옷깃 사이로
온기를 넣으며 날 토닥인다

아주 긴 시간 동안
예쁜 꽃 피울 때까지

예쁜 너 바보야
- 시조 서현 임효숙
- 손글씨 박윤규

예뻐요
예쁘다구
말해야 손짓해야

온몸을
붉히면서
붙잡고 절규해도
내 마음 알지 못하는
가을 단풍 바보야

바보야
바보라구
저녁놀 낯 붉히며

바람에
스친 낙엽
속마음 알지 못해
보내기 싫은 마음뿐
예쁜 너는 바보야

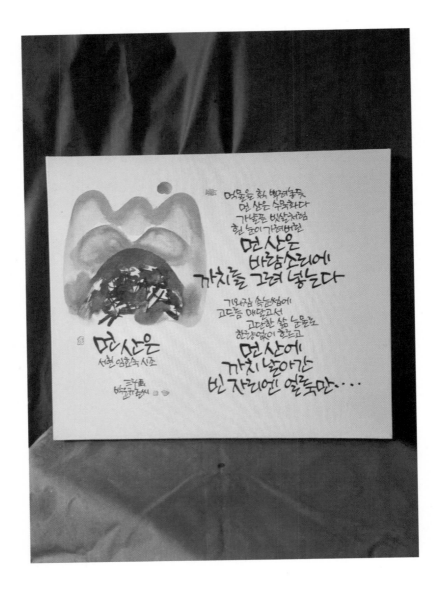

먼 산은

- 시조 서현 임효숙
- 손글씨 박윤규

먹물을 휙 뿌려놓듯
먼 산은 수묵화다
가냘픈 빗살처럼
흰 눈이 가려버린
먼 산은
바람 소리에
까치를 그려 넣는다

기와집 속눈썹에
고드름 매달고서
고단한 삶 눈물로
한량없이 흐르고
먼 산에
까치 날아간
빈자리엔 얼룩만

정류장
첫 손님

서현 임효숙

어제의 찌꺼기를
탈탈탈 털어내고
바람이 햇살 속에
희망을 데려온다
임인년

정류장 첫 손님
용맹한 범 흑범이다

정류장 첫 손님

\- 시 서현 임효숙

어제의 찌꺼기를
탈탈탈 털어내고
바람이 햇살 속에
희망을 데려온다
임인년
정류장 첫 손님
용맹한 범 흑범이다

집앞 가을은

서현 임효숙

집 앞에 가을 있다
눈 앞은 추억이다
바람에 흔들리는
온몸은 말이 없다
오롯이 가을 단풍의
절규마저 그립다

바람이 안아 준다
햇살이 불 피운다
가지 끝 가을 소리
예쁘다 활활 탄다
가을을 버리기 싫어
보여주고 버틴다

액자 속 가을풍경
한 폭의 수채화다
가을이 기력 잃어
온몸은 바스러져
마을 앞 삭풍에 날려
겨울 앞에 앉는다

집앞 가을은

- 서현 임효숙

집 앞에 가을 있다
눈앞은 추억이다
바람에 흘들리는
온몸은 말이 없다
오롯이 가을 단풍의
절규마저 그립다

바람이 안아 준다
햇살이 불 피운다
가지 끝 가을 소리
예쁘다 활활 탄다
가을을 버리기 싫어
보여주고 버틴다

액자 속 가을풍경
한 폭의 수채화다
가을이 기력 잃어
온몸은 바스러져
마을 앞 삭풍에 날려
겨울 앞에 앉는다

사람의 향기

마당 장숙자

나는 향기 나는
사람으로 살고 싶다

나로 인하여 상처받지 말고
나로 인하여 가슴 아프지 말고
나로 인하여 미움받지 말고
나로 인하여 손해 보지 않고

나보다 상대를 먼저 생각하며
사랑하고 감사하는 마음으로
늘 남이 잘 되길 기도하며
더불어 살아가는

나는 향기 나는
사람으로 살고 싶다

사람의 향기

- 시 마당 장숙자

나는 향기 나는
사람으로 살고 싶다

나로 인하여 상처받지 말고
나로 인하여 가슴 아프지 말고
나로 인하여 미움받지 말고
나로 인하여 손해 보지 않고

나보다 상대를 먼저 생각하며
사랑하고 감사하는 마음으로
늘 남이 잘되길 기도하며
더불어 살아가는

나는 향기 나는
사람으로 살고 싶다

아카시아

장지연

불빛에 가려 보이지 않지만
저기 당신의 하늘에 반짝이며
별이 빛나고 있다는 걸 압니다

보이지 않아도 향기 가득하니
거기 당신을 유혹하는 꽃이 피어
살랑거리고 있다는 걸 압니다

저릿하게 훑고 지나가는 열기의 흔적
그대와 둘이서 걷고 싶은 길가에
침묵을 깨는 바람에 실려온 내음

당신의 향기가 아닌 줄 알면서도
입가에 번지는 미소 그리고 쓸쓸함
여기 당신을 그리워하는 마음이
진하게 피었다는 걸 아십니까

아카시아

- 시 장지연

불빛에 가려 보이지 않지만
저기 당신의 하늘에 반짝이며
별이 빛나고 있다는 걸 압니다

보이지 않아도 향기 가득하니
거기 당신을 유혹하는 꽃이 피어
살랑거리고 있다는 걸 압니다

저릿하게 훑고 지나가는 열기의 흔적
그대와 둘이서 걷고 싶은 길가에
침묵을 깨는 바람에 실려온 내음

당신의 향기가 아닌 줄 알면서도
입가에 번지는 미소 그리고 쓸쓸함
여기 당신을 그리워하는 마음이
진하게 피었다는 걸 아십니까

그대와 나의 봄 하루

장지연

뛰어가는 봄을 잡아볼께
꽃잎을 날리며 도망가는 하루

천천히 가네
뛰어서 가네
아쉽기만 한 봄하루

걸어오는 봄을 안아볼께
향기를 흘리며 붙어지는 하루

눈으로 보나
맘으로 보나
사랑스럽기만 한 봄하루

그대와 나의 봄 하루

- 시 장지연
- 손글씨 도담 이양희

뛰어가는 봄을 잡아 볼까
꽃잎을 날리며 도망가는 하루

천천히 가나
뛰어서 가나
아쉽기만 한 봄 하루

걸어오는 봄을 안아 볼까
향기를 흘리며 붉어지는 하루

눈으로 보나
맘으로 보나
사랑스럽기만 한 봄 하루

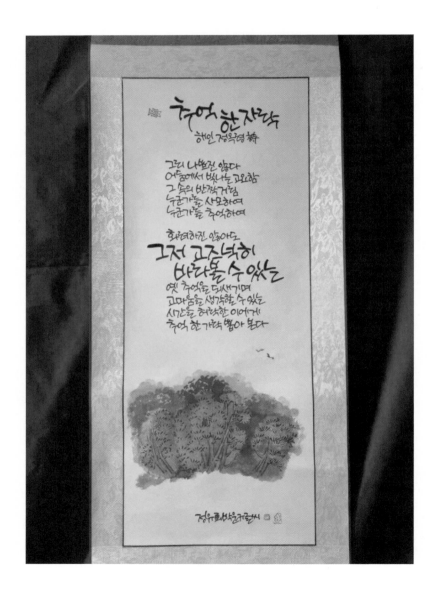

추억 한 자락

- 시 해인 정옥령
- 손글씨 박윤규

그리 나쁘진 않다
어둠에서 빛나는 고요함.
그 속의 반짝거림
누군가를 사모하여
누군가를 추억하여

화려하진 않아도
그저 고즈넉이 바라볼 수 있는
옛 추억을 되새기며
고마움을 생각할 수 있는
시간을 허락한 이에게
추억 한 가락 뽑아본다

道正書院

건초의영발부절

피었네
산국을오
천봉의골은터니
무서리아강곳삼이
달밭아래
돌아들때창연한
나그네
무명으로한산을
실을달고갈꺼나
원봉중어는곳곳에
미루리휠젔으니
진초일건담나
또한산펼쳐러서
한손을도와으니
나그네

정재대

Kimyoungsub
copyright by kimyoungsub

나그네

- 시조 정재대
- 손글씨 려송 김영섭

한산을 돌아드니
또한 산 펼쳐져서
진종일 걷다 보니
미투리 헤졌으니
천봉중 어느 공곡에
시름 덜고 갈까나

나그네 무념으로
한산을 돌아들 때
창연한 달빛 아래
천봉이 고요터니
무서리 아랑곳없이
산국 홀로 피었네

바이러스처럼

조금랑

오랫동안 비워 놓았던 뜰에
들풀 인지
들꽃 인지
처음에는 은밀하게 다가왔지
조그만 싹이 빈 뜰의 주인이 되어가고
어느새 자리하게 되는
우연처럼 왔다가 전부가 되어가는
저, 패인 흔적은
햇살과
바람은
차별 없이 지나가더라도
그렇듯
무엇이 내 속에
안착하는 분별없는 안개 같은
흐린 풍경은 ...

바이러스처럼

- 시 조금랑

오랫동안 비워놓았던 뜰에
들풀인지,
들꽃인지…
처음에는 은밀하게 다가왔지
조그만 싹이 빈 뜰의 주인이 되어가고
어느새 자리하게 되는
우연처럼 왔다가 전부가 되어가는
저, 패인 흔적은
햇살과
바람은
차별 없이 지나가더라도
그렇듯
무엇이 내 속에
안착하는 분별없는 안개 같은
흐린 풍경은

소나무 숲

- 시 채찬석
- 손글씨 박윤규

매봉산에서 청계산 가는 길
차, 집, 사람이 멀어
청청한 소나무

한 줄 바람, 햇살 한 가닥
아침 이슬만으로 자라
휘어지고 꺾인 팔다리
아픔대로 굽은 나무들

되는대로 세상 살면
옷처럼 구겨지련만
홀로라도 오롯이 자란
느티나무처럼

보이는 건 앞산과 하늘
황소등 같은 능선 위에
우거진 고요의 바다

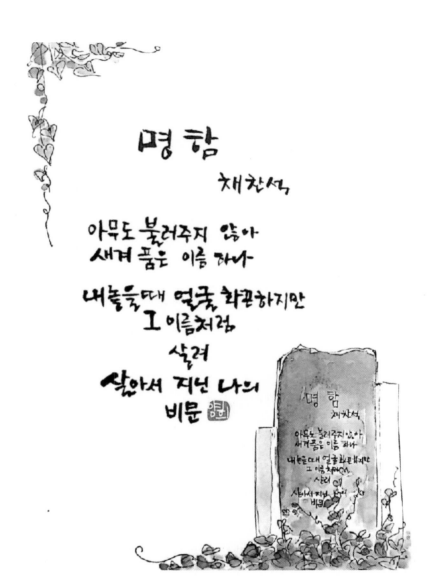

명 함

채찬석

아무도 불러주지 않아
새겨 품은 이름 차마

내놓을 때 얼굴 화끈하지만
그 이름처럼
살려
살아서 지닌 나의
비문

명함

- 시 채찬석
- 손글씨 도암 이양희

아무도 불러주지 않아
새겨 품은 이름 하나

내놓을 때 얼굴 화끈하지만
그 이름처럼
살려

살아서 지닌 나의
비문(碑文)

사랑 나무

돌담 최기창

사랑 나무는

늙지 않습니다

사랑 나무

- 돌담 최기창

사랑 나무는

늙지 않습니다

오래

최기창

난 네가
내 맘인 줄 알았어

내가
네 맘 아닌 건
벌써 알았지만…

오해

– 돌담 최기창

난 네가
내 맘인 줄 알았어

내가
네 맘 아닌 건
벌써 알았지만…

우리들의 사랑은(2) / 글벗 최봉희

우리들의 사랑은
날마다 꿈을 꿔요
그리움 너울 타고
당신께 달려가요
높푸른 하늘을 향해
두손잡고 가지요

서로가 사랑으로
한마음 되는 기쁨
둘이서 그리운 꿈
날마다 즐거워요
언제나 손에 손잡은
우리들의 사랑은

우리들의 사랑은 (2)

- 시조 글벗 최봉희
- 포토그라피 채은지

우리들의 사랑은
날마다 꿈을 꿔요
그리움 너울 타고
당신께 달려가요
높푸른 하늘을 향해
두 손 잡고 가지요

서로가 사랑으로
한 마음 되는 기쁨
둘이서 그리운 꿈
날마다 즐거워요
언제나 손에 손잡은
우리들의 사랑은

행복론

시조 최봉희
손글씨 이 양희

백송향 그득 담은
심연에 자리펴고
오롯한 열정으로
시심을 갈고닦아
일편의 사랑을 풀어
푸른 바다 찍었다

넓은 옷 갈아입고
희망의 붓을 들고
머나먼 꿈이야기
추억을 적다보니
고루한 행복이라니
우리글말 미쁘다

행복론

- 시조 글벗 최봉희
- 손글씨 이양희, 김원봉

백송향 그득 담은
심연에 자리 펴고
오롯한 열정으로
시심을 갈고 닦아
일편의 사랑을 풀어
푸른 바다 찍었다

낡은 옷 갈아입고
희망의 붓을 들고
머나먼 꿈 이야기
추억을 적다 보니
고루한 행복이라나
우리 글말 미쁘다

겨울
사랑
머스름
(길여오가
호롱불
밝히듯이
지상에
내려앉는
눈부신
을빛림
그렇게
자신을
던져
온세상을
따뜻
일

글 최봉희, 사진 박미애

겨울 사랑

- 글벗 최봉희
- 손글씨 려송 김영섭

어스름 밀려오자
호롱불 밝히듯이

지상에 내려앉는
눈부신 흩날림

그렇게
자신을 던져
온 세상을 덮는 일

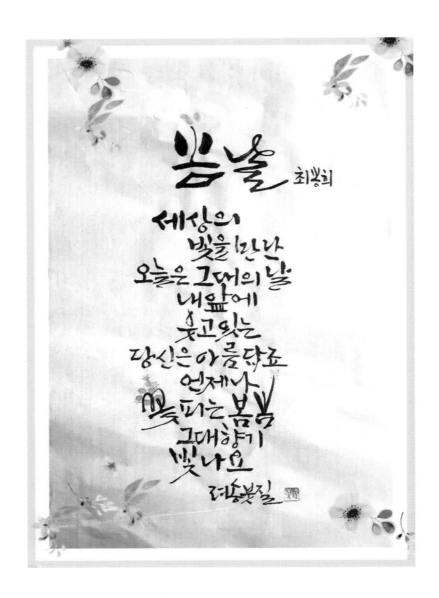

봄날 최봉희

세상의
빛을 만난
오늘은 그대의 날
내앞에
웃고있는
당신은 아름답죠
언제나
꽃피는 봄날
그대향기
빛나요

려송봉질

봄날

- 시조 글벗 최봉희
- 손글씨 려송 김영섭

세상의 빛을 만난
오늘은 그대의 날

내 앞에 웃고 있는
당신은 아름답죠

언제나
꽃피는 봄봄
그대 향기 빛나요

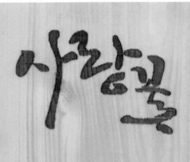

시인 최봉희

매마른 땅을 일궈
제 삶을 갈아놓고

한마음 오롯한 꿈
씨앗을 뿌려 놓고

발그레

꽃등 켜는 날

기다리며 산다오

사랑꽃

- 시조 최봉희
- 목판 시화 백우준

메마른 땅을 일궈
제 삶을 갈아놓고

한 마음 오롯한 꿈
씨앗을 뿌려놓고

발그레
꽃등 켜는 날
기다리며 산다오

사랑 꽃 희망의
바람이 불어오면
꽃물결 일렁이다
봄마음 만나야만
꽃마음 피어나죠
오롯이
그대를 만나
가슴 여는 꽃망울

사랑꽃(32)

- 시조 글벗 최봉희
- 손글씨 김원봉

바람이 불어오면
꽃물결 일렁이다

봄마음 만나야만
꽃마음 피어나죠

오롯이
그대를 만나
가슴 여는 꽃망울

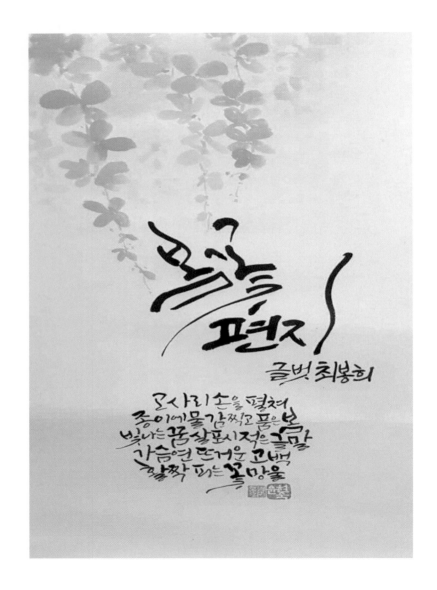

봄 편지

글벗 최봉희

오사리 손을 펼쳐
종이에 물 감쩍고 품은 봄
빛나는 꿈 살포시 적은 글말
가슴언 뜨거운 고백
활짝 피는 꽃망울

봄꽃 편지

- 시조 글벗 최봉희
- 손글씨 소녀붓샘 윤현숙

고사리 손을 펼쳐
종이에 물감 찍고
품은 봄 빛나는 꿈
살포시 적은 글말
가슴 연
뜨거운 고백
활짝 피는 꽃망울

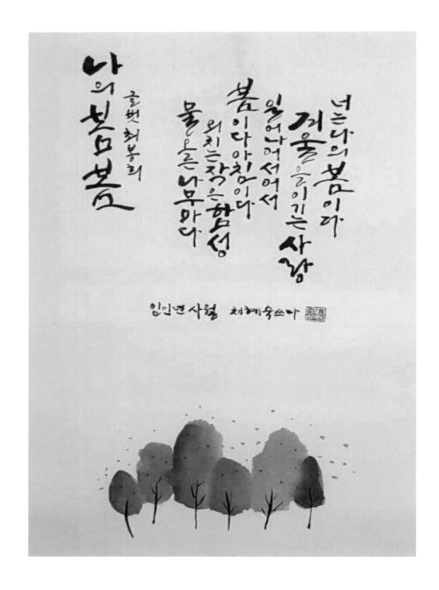

나의 봄 봄

너는 나의 봄이다
겨울을 이기는 사랑
일어나 어서어서
봄이다 아침이다
외치는 작은 함성
올 오는 나무와

임인년 사월 채혜숙 쓰다

나의 봄봄

- 글벗 최봉희
- 손글씨 채혜숙, 우양순

물오른 나무마다
외치는 작은 함성

봄이다 아침이다
일어나 어서어서

겨울을
이기는 사랑
너는 나의 봄이다

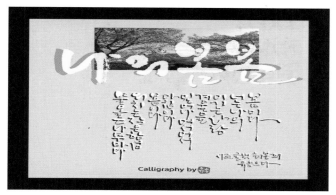

봄 마음

최봉희

나무는
숲은 만큼
뿌리가 깊습니다

참 오래
준비해야
꽃 피고 열매 맺죠

그 사랑
한참 깊어야
천년 만년 살지요

봄마음

– 시조 글벗 최봉희
– 손글씨 도담 이양희

나무는
솟은 만큼
뿌리가 깊습니다

참 오래
준비해야
꽃 피고 열매 맺죠

그 사랑
한참 깊어야
천년만년 살지요

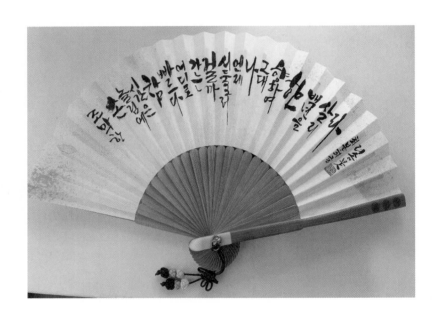

작은 바람

- 시조 최봉희
- 손글씨 김영섭

조막한 손놀림에
시간은 참 빠르다

어디로 가는 걸까
서둘러 가는 걸음

언제나
그대 향하여
한 백 년을 살리니

Calligraphy by 유송

왕벚나무

- 글벗 최봉희
- 손글씨 유송 우양순

다섯장 꽃잎 여는
겹벚꽃 왕벚나무

제주도 고향 찾아
다시 핀 절세미인

빛나는
팔만대장경
글꽃 만나 산다네

백목련(白木蓮)

시조 최봉희

당신의 환한 웃음
가슴에 담으려고
가난한 골목길엔
꽃구름 가득하다
하이얀
꽃치마 입고
맘 설레는 봄마중

백목련(白木蓮)

– 시조 글벗 최봉희
– 포토그라피 채은지

당신의 환한 웃음
가슴에 담으려고
가난한 골목길엔
꽃구름 가득하다
하이얀
꽃 치마 입고
맘 설레는 봄마중

☆ 월간 샘터 2005년 5월호, 제30회 샘터시조상 수상작품

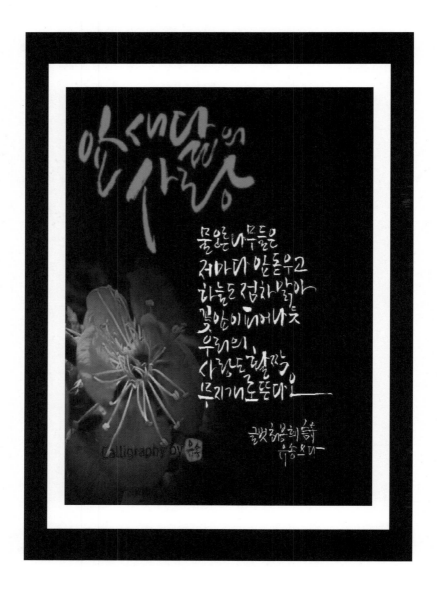

잎새달의 사랑

- 시조 글벗 최봉희
- 손글씨 유송 우양순

물오른 나무들은
저마다 잎 돋우고
하늘도 점차 맑아
꽃잎이 피어나듯
우리의
사랑도 활짝
무지개로 뜬다오

*잎새달, 무지개달 : 4월을 달리 이르는 우리말

꽃 편지
- 시조 글벗 최봉희
- 손글씨 려송 김영섭

어둠을 살라 먹은
햇살이 피어나다

곧추선 꽃대궁은
앙가슴 풀어놓고

오늘도
분홍꽃 연서
그리움을 적는다

최봉희

copyright by kimyoungsub

한 해를 보내면서

- 시조 글벗 최봉희
- 손글씨 려송 김영섭

날마다 따뜻한 말
신나는 마음으로

가슴을 뭉클하게
뜨겁게 달군 사랑

한 해도
감사했어요
그대 함께 했으니

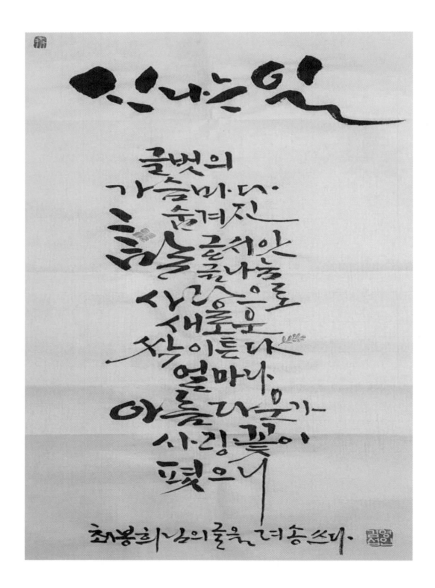

글벗의
가슴마다
숨겨진
하늘글씨앗
글나눔
사랑으로
새로운
싹이튼다
얼마나
아름다운가-
사랑꽃이
피었으니

최봉희님의 글을 더송쓰다.

312_ 하늘의 언어처럼

신나는 일

- 시조 글벗 최봉희
- 손글씨 려송 김영섭

시인의 가슴마다
숨겨진 말글 씨앗

글나눔 사랑으로
새로운 싹이 튼다

얼마나
아름다운가
사랑꽃이 폈으니

봄맞이

들녘에
햇살무늬
꽃무리 활짝 피고
싱그런
깔깔웃음
설레는
봄나들이
연둣빛
반가운 편지
소리내어 읽는다

최봉희님의 글을 겨송붓질

Kimyoungsub
copyright by kimyoungsub

봄맞이

- 글벗 최봉희
- 손글씨 려송 김영섭

들녘엔 햇살 무늬
꽃 무리 활짝 피고

싱그런 깔깔 웃음
설레는 봄나들이

연둣빛
반가운 편지
소리 내어 읽는다

해오름달의 사랑

최봉희

한밝달
함빡 웃음
새해를 맞는 기쁨

해오름
시작에다
세월을 붙잡아라

이제는
멈추지 말고
손을 잡고 가세나

yanghee

해오름달의 사랑

- 시조 글벗 최봉희
- 손글씨 도담 이양희

한밝달 함박웃음
새해를 맞은 기쁨

해오름 시작이다
세월을 붙잡아라

이제는
멈추지 말고
손을 잡고 가세나

* 해오름달, 한밝달 : 1월을 달리 부르는 명칭

행복을 꿈꾸며
글벗 최봉희

새봄에
태어난 삶
꽃무리 찾아보라

뜻모아
함께 이룬
농축된 사랑의 힘

열정의
농익은 몸짓
하늘 뜻을 묻는다

행복을 꿈꾸며

- 시조 글벗 최봉희
- 손글씨 도담 이양희

새봄에 태어난 삶
꽃무리 찾아보라

뜻 모아 함께 이룬
농축된 사랑의 힘

열정의
농익은 몸짓
하늘 뜻을 묻는다

아침

시조 최성자

껍데기 벗어던진
한밤을 치뤄내고

무향의 하얀 알몸
방안 가득 앉았네

몽롱히
실눈을 뜨고
맞이하는 반가움

아침

- 시조 최성자
- 손글씨 윤현숙, 이양희

껍데기 벗어던진
한밤을 치뤄내고

무향의 하얀 알몸
방안 가득 앉았네

몽롱히
실눈을 뜨고
맞이하는 반가움

행복의씨앗

최덕자

음악회중 가장 아름다운
음악회
값진대가 저질흠난 눈물
부족함도 잊었네
부모풀에더
연주자 였네더
아장대며 볼두하는
아기들에게도
내가슴에도
행복의씨앗 심었
네

calligraphy by 큰솔

행복 씨앗

- 시조 최성자
- 손글씨 려송 김영섭

음악회중
가장 아름다운
음악회

값진 평가
찔금난 눈물
부족함도 잊었네

부모 품에서
연주자 옆에서
아장대며 몰두하는

아기들에게도
내 가슴에도
행복 씨앗 심었네

종자와 시인 박물관

최성자

우직하고 나지막이
뿌리 내리는 소리
태초의 신비 잉태하여
해산의 기쁨 주는 자궁

마음도 씨앗이 있어
태양과 물과 땅이 함께하니
풍성한 열매 토해내는
시인들이 모이네

모든 생명이 어우러져
사랑을 노래하리니
꽃들이 피어나 화답하는
종자와 시인

종자와 시인 박물관
- 시 최성자

우직하고 나지막이
뿌리 내리는 소리
태초의 신비 잉태하여
해산의 기쁨 주는 자궁

마음도 씨앗이 있어
태양과 물과 땅이 함께하니
풍성한 열매 토해내는
시인들이 모이네

모든 생명이 어우러져
사랑을 노래하리니
꽃들이 피어나 화답하는
종자와 시인

종자와 시인 박물관

- 시조 최성자
- 손글씨 채혜숙

우직히 나지막이
뿌리를 내리나니
태초의 신비로움
해산의 기쁨 주네
마음도 씨앗이 있어
함께 하는 대자연

풍성한 열매 찾아
글말을 토해내듯
생명이 어우러져
사랑을 노래하네
꽃들이 피어나는 곳
종자와 시인박물관

임인년
행복맞이

밝음은 행복으로
온기는 기쁨으로
해오름 새해맞이
시름은 간데없고
기운찬
기지개켜고
포효하는
임인년

홍은숙 님의글을 려송붓

임인년 행복 맞이
- 시조 홍은숙
- 손글씨 려송 홍은숙

밝음은 행복으로
온기는 기쁨으로

해오름 새해맞이
시름은 간데없고

기운찬 기지개 켜고
포효하는 임인년

□ 제6회, 제7회 글벗시화전 출품 작가

I. 손글씨, 캘리그라피 작가 명단

● 김선희 작가

* 글벗문학회 캘리분과 회원
* 대한민국미술대상전 입상
* 한국캘리그라피창작협회 특선 입선
* 한국캘리그라피창작협회 고양시 부지부장
* 고양문화원, 지음캘리 회원전 참여
* 윤보영 시인 1,2차 항아리 시화전 참여
* 제2회~4회 글벗시화전 참가

● 김영섭 작가

* 글벗문학회 캘리분과 회원
* 한국서예협회 인천서예대전 캘리그라피부문 입선/특선
* 대한민국단군서예대전 캘리그라피 부문 입선/특선
* 대한민국 한글서예대전 캘리그라피부문 우수상

● 김원봉 작가

*경기도 수원출신
*육군소령 전역(24년 : 3사25기)
*2014.5~현재 수원도시공사 재직
* '캘리그라피 마당' 밴드 활동으로 독학 시작
(간판 1회, 연극포스터 5회, 시비 1회)

● 박윤규 작가

* 시인, 손글씨 작가
* 한국손글씨협회 회장
* 한국작가회의 회원, 민예총 회원,
* 부산작가회의 회원
* 물고기 공방운영
* 계간 글벗 심사위원
* 시집 〈꽃은 피다〉 외 다수

● 백미경 작가

* 글벗문학회 캘리분과 회원
* 한국미술협회 회원
* 고양미술협회 초대작가
* 갈물한글서회 회원
* 한글캘리그라피예술협회 회원
* 림스캘리그라피연구소 연구원 / 조교
* 사)한국청소년미술협회교육위원

● 우양순 작가

* 중문학 전공
* 글벗문학회 캘리분과 회원
* 지음캘리마을 회원
* 현 피아노학원 원장

● 윤현숙 작가

* 글벗문학회 캘리분과 회원
* 캘리그라피 &pop 강사
* 문화센터 출강
* 시언 시조 동아리 회장
* 캘리작품집 『오늘도 당근이지』

● 이양희 작가

* 글벗문학회 캘리분과 회원
* 꼼지락캘리, 엽서 캘리,
* Yanghee's 캘리로 활동 중
* 캘리그라피 2급 자격증

● 이종재 작가

* 글벗문학회 캘리 작가 회원
* 대한문인세계 시 부문 등단
* 대한문인협회 회원
* 강건문학 회원
* 글벗문학회 회원

● 이홍화 작가

* 예술학 박사
* 대한민국 신지식인 선정
* 개인전 30회
* 대한민국 명인
* 세계 최고 기록 보유자

● 채은지 작가

* 이명주 시집 『내 가슴에 핀 꽃』 표지디자인
* 최봉희 시집 『사랑꽃2』 표지디자인
* 이명주 시집 『커피 한 잔 할까요?』 표지디자인

● 차해정 작가

*한국서화교육협회 심사위원장
*한국예술문화협회 부회장
*한국 캘리그라피 작가협회 초대작가
*한국캘리그라피 작가협회 심사위원
*한국예술문화협회 심사위원장
*한국예술문화협회 초대작가
*국제 평화 예술협회 초대작가, 우수상
* 오사카 초대전 우수작가상
*중국 문등 서가협회 초대작가 최우수상 *윤보영캘리랜드 감사, 경기광주 지역장
*제36회 예술대전 금상 *제34회 전통미술대전 우수상
*제23. 24대한민국 미술전람회 특선 외 공모전 수상 다수
* 송율캘리 경강선특별전 *경기광주 평화나비 기림일기념 개인전
* 송율캘리공방(개인특강,원데이클래스,출강,기업강의)

● 채혜숙 작가

* 글벗문학회 캘리분과 회원
* 한국캘리그라피창작협회 감사
* 캘리그라피 창작협회 특선 및 다수 입상
* 사단법인 한국예술가협회소속 작가
* 지음캘리마을 회원전 참여
* 윤보영시인 항아리 시화전 참여

2. 2022 글벗문학회 시화전 출품 시인 명단

작가명		작품명	수록면
1. 강자앤	* 대한문학세계 시 부문 등단 * 글벗문학회 회원 * (사)창작문학예술인협의회 회원 * 제1시집 꿈꾸는 별 * 제2시집 러브레터	청산은 나 홀로	11
2. 강혜지	* 황금찬 노벨문학상 추대위원 * 한양문화예술 협회 운영위원 * 동서예향작가회 사무국장, 문예나루 상임위원, 한국문인협회, 한국시민문학 협회, 한국방송통신대 문학회, 다선문학 회 회원	귀로 / 꽃은 피고 지고	13
3. 김근숙	* 글벗문학회 회원 * 농림축산식품부 농림축산검역본부 인천공항지역본부 근무	머위꽃 별그 대 / 허물	17
4. 김나경 (글숨)	*(사)한국문인협회 정회원 *(사)한국문인협회포천지부 사무국장 *한국 작가 21년 신인문학상 수상 *글벗문학회 정회원 *한국 치매 예방 놀이연구소 대표 *(사)대한어머니회 정회원 *포천시 신북면 주민자치위원	내게 당신은 / 사랑은 란 타나 / 해 / 장미의 유혹 /사랑하는 딸 / 억지 심통 부리지 마	21
5. 김선옥	글벗문학회 회원, 2019년 제6회 수안 보은천 시조문학상 본상 및 제7회 역 동시조문학상 작가상, 2020년 제6회 송강 문학예술상대상, '광양매실' 시 조집 발간으로 매실원조도시를 알리8 는 문화홍보대사	한탄강 / 아 버지의 바다	33

작가명	약력	작품명	수록면
6. 김옥자	* 글벗문학회 회원 * 한국문인협회 파주지부 회원 * 파주문학회 회원 * 파주 헤이리농원 대표 * 시집 『내 안의 흔적』	당신	37
7. 김인수	* 대한문학세계 시 부문 등단 * 대한문인협회 회원 * 글벗문학회 회원 * 안산문인협회 회원 * 이미화 플라워 운영	내 마음에 내리는 비	39
8. 김지희	* 글벗문학회 회원 * 계간 글벗 시조 신인상 수상 등단 * [시집] 슬픈 사랑 긴 그리움 　그냥 보고싶습니다	기다림 / 혼자일 때 / 봄꽃	41
9. 김현숙	* 경기도 의정부 거주 * 문학애 시부문 등단 * (사) 종합문예 유성 총무국장 * 현 글벗문학회 정회원 * 문예샘터 시낭송 사무국장 * 현 한국가곡작사가협회 회원	가을 향기 / 감로수 / 설악초	47
10. 나일환	* 충남 세종시 거주 * 글벗문학회 회원 * 파주문인협회 회원 * 사진작가협회 회원 * 사진작가협회자문원	한탄강	49

작가명	약력	작품명	수록면
11. 박귀자	*경남 울산출생 *한국시조문학 신인상 수상 *독도 플레시 봄 공동공저 *시사문단 문학상 수상 *글벗문학회 정회원	임의 아리랑 / 호접란	51
12. 박원옥	* 캐나다 토론토 거주 * 한겨레문학 시, 계간글벗수필 등단 * 제1회 글벗문학상 수필 장려상 * 2022캐나다문인협회 신춘문예시조 당선 * 저서 시집 '돛단배 구름따라' 발표 시집 '사랑의 유통기한' 발표	삶의 나침반	55
13. 박종태	* 계간 대한문학세계 시부문 등단 * 계간 공감문학 시조 부문 등단 * 현 글벗문학회 정회원 * 현 (사)창작문학예술인협의회 정회원 * 현 강건문학회 정회원 * 시집 『오구오구 예쁜 내 사랑』	처음처럼 / 내 삶의 이유	57
14. 박필상	* 1982년 창주문학상(아동) 당선 및 1984년 『시조문학』천료 등단 * 시조집 『청산의 호랑나비』 등 8권 * 글벗문학상, 성파시조문학상, 나래시조문학 상, 실상문학상, 『시조문학』창간 60주년 시조 문학 대상 수상(2020년) * 종자와 시인 박물관 시비 공원에 동시조〈바 다〉 시비 건립(2020년) * 초등학교 4학년 국어교과서 동시조〈바다〉 수록(2013-2017년)	바다	61
15. 박하경	* 1961년 보성 출생, 호: 秀重 * 한국문인협회 회원. 한국 * 소설가협회 회원 / 세계모던포엠작가 회 회원 / 광주문인협회 회원 * 한국문학예술인협회 부회장 * 시인(국제문학바탕), 수필가(월간모던 포엠), 소설가(월간문학)	개나리꽃	63

작가명	약력	작품명	수록면
16. 박하영	* 오산시 거주 * 글벗문학회 회원	웃음꽃	65
17. 백옥희	* 안양시 거주 * 열린시학 2018 신인문학상 수상 * 글벗문학회 회원	등기로 받은 봄	67
18. 서정희	*1952 충남 당진 출생 *중국 소수민족선교사 *글벗문학회 정회원 *2018년 계간글벗 시조 신인상 수상 *제2회, 제10회 글벗문학회 백일장 대상 수상 *시집 『서산에 노을이 비낄 때』	봄의 탱고 / 모란꽃	69
19. 성의순	* 2012년 서울문학 가을호 신인상 수상 수필 등단 * 글벗문학회 회원 * 성균관 부관장, 우계문화재단 이사 * 제8회 글벗백일장 우수상 수상 * 저서 시집 『열두 띠 동물 이야기』 공저 『다시 돌아온 텃새의 이야기』	메리골드 / 모란	73
20. 송덕영	* 열린동해문학 시 등단 * 남양주시인협회 회원 * 글벗문학회 회원	그대 있음에	77

작가명	약력	작품명	수록면
21. 송연화	* 한국문학동인회 시 등단 * 계간 글벗 시조 등단(2020) * 글벗문학회 자문위원 * 한국문학동인회 회원, 공감문학 작가 * 종자와시인박물관시비 「꽃물」건립 * 시집 『돛단배 인생』 외 16권 발간	소중한 씨앗 / 행복한 글꽃 / 꽃등 / 여명 / 초승달 / 해와 달 / 상고대 / 희망꽃 / 반가운 손님 / 별아 달아 / 아침의 시작 / 꽃물 / 금낭화꽃	79
22. 신광순	* 시인, 수필가 * 기호문학 발행인, 종자와시인박물관 관장 * 제8회 흙의문학상 수상 * 시집 『코스모스를 찾아서』 『모든 게 거기 그대로 있었다』, 『하늘을 위하여』, 『땅을 위하여』, 산문집 『불효자』, 『생일 축하합니다』, 『사람은 죽어서 기저귀를 남긴다』, 『잃어버린 용서를 찾아서』, 『백지고백성사』 등	불효자 / 좋은 친구 / 무 / 아버지의 그릇 / 어머니의 세월	105
23. 신복록	* 서울 강북구 거주 * 계간 글벗 2020년 여름호 시조 등단 * 글벗문학회 정회원 * 시집 『그녀에게 가는 길』 『그리움을 안고 산다』	가을꽃 / 붉은 여명 / 섭	115
24. 신순희	* 2016 민주문학등단. 시 부문 * 민주문학 계간지 공저 * 2018청옥문학 시조 부문 등단 * 청옥문학 계간지 공저 * 시집 『풍경이 있는 자리』	통곡의 미루나무 두 그루 / 오월의 봄눈 / 임진강 다리 / 주상절리	121
25. 신준희	* 문예운동 시 당선 * 2018년 동아일보 신춘문예 당선 * 천수문학, 열린시조문학 회원 * 글길문학동인회 부회장 * 시집 『체온을 파는 여자』, 『구두를 신고 하늘을 날다』	이중섭의 팔레트	129

작가명	약력	작품명	수록면
26. 신희목	* 초동문학예술협회 신인문학상 수상 * 2019"서울시 시민안전 창작시 당선 * 다향정원문학 신인문학상 수상 * 글벗문학회 회원 * 저서 시집 『그대 잘 있나요』 　공저:초동문학 "초록향기" 외 다수	서리꽃 / 해무(海霧)	131
27. 안준영	* 시인, 시낭송가 * 글벗문학회 회원 * 시 〈산벚 한 그루〉 수원시 2021 상반기 버스정류장 인문학글판 창작글 선정	산벚 한 그루 / 금 긋기 / 누리장 꽃 / 틈새	135
28. 양영순	* 인천광역시 거주 * 글벗문학회 회원 * 계간 글벗 시부문 신인상 등단 * 시집 『꽃이 피는 날』	황혼	143
29. 윤미옥	* 경기도 파주 거주 * 글벗문학회 회원 * 시집 『들꽃 향기』	구름 / 가을 흔적 / 5월 의 노래	145
30. 윤소영	*제주도 거주 *종합문예 유성 시 부문 등단 *글벗문학회 정회원 *첫 시집 『늦게 피는 꽃』 발간	사랑 / 사랑차 / 등불 / 사랑의 하모니 / 봄사랑	151

작가명	약력	작품명	수록면
31. 윤현숙	* 글벗문학회 캘리분과 회원 * 캘리그라피 &pop 강사 * 문화센터 출강 * 시언 시조 동아리 회장 * 캘리작품집 『오늘도 당근이지』	목련꽃	161
32. 이경숙	* 한국 지역사회 교육협의회 * 예절,다도,전문 지도자 * 한국 종이접기 협회 종이접기 사범 * 한국국학진흥원 이야기 할머니 (전) * 원주향교 창의인성교실 교관	효자 아들 도현 / 끌 수 없는 자연꽃 / 웃음꽃	163
33. 이광범	* 홍천 출생 * 한국문학동인회 등단 * 대한문학세계 등단 * 글벗문학회 회원 * 시집 『봄 그리워 다시 봄』	등불	169
34. 이규복	1957년 5월1일 생 시인, 수필가, 작사가 칼럼니스트 고려대학교 법학석사 졸업 지구문학 작가회의 회장 역임 고려대학교 생활법률학회 회장 역임 가슴으로 부르는 노래 시집 발간 바다 그리고 영원한 해군 시집 공저 대한민국 해군 전우회 회장 역임	커피잔의 대화	171
35. 이기주	* 한맥문학 시부분 신인상 등단 * 글벗문학회 회원 * 한맥문학 이달의 시인 선정 * 제10회 글벗문학상 수상 * 창작가곡 성가곡 시 공모전 당선 * 시집 『노을에 기댄 그리움』 『세월이 못 지운 그리움』, 『꽃들이 전해준 안부』	겨울이 오는 길목에서 / 화무십일홍 / 장밋빛 문신 / 철쭉꽃 연정 / 사과꽃 연정 / 인동초 / 청보리 밭 순애보 / 월하미인	173

작가명	약력	작품명	수록면
36. 이명순	* 대한문학세계 시 부문 등단 * 문학시선 수필등단 * 인천시 제물포예술제 산문부 장원 * 전국 고전읽기 백일장 문화체육부 장관상 * 윤동주 탄생 100주년 기념문학상 수상 * 타고르문학상 수상 * 화도수필동인, 글벗문학회 회원 * 시를 꿈꾸다 동인 그외 다수 참여	바람길	189
37. 이명주	* 계간 글벗 시조부문 등단 * 글벗문학회 정회원 * 제12회 글벗백일장 최우수상 수상 * 제1시집 『내 가슴에 핀 꽃』 　제2시집 『커피 한잔 할까요』	글벗사랑 / 커피 한 잔 할까요 / 동행 / 생각이 많은 날 / 평안의 쉼터 / 봄처녀 / 구름가족	191
38. 이서연	* 한국문인협회, 글벗문학회 회원 * 한국문협 제27대 70년사 편찬위원 * 지구문학 감사, 담쟁이문학회 부회장, 현대계간문학 운영이사 작가회 부회장, 시마을문학 고문과 자문위원 * 제9회 글벗문학상 수상, 제27회 전국 예술대회 대상 * 시집 『꼬마 선생님』	옥색치마 / 딸의 빈자리 / 딸과 성묘	205
39. 이순옥	* 2004년 월간 모던포엠 시부문 등단 * 한국문인협회, 세계모던포엠작가회 회원, 슛 人文學, 경기광주문인협회, 백제문학, 착각의 시학, 글벗문학회 회원 * 월간모던포엠 경기지회장 * 제3회 잡지협회 수기공모 동상수상, 제 1회 매헌문학상 본상수상 * 제12회 모던포엠 문학상. 착각의시학 한국창 작문학상 대상 수상 * 저서 월영가, 하월가, 상월가	개기일식	211
40. 이순일	* 충남 당진 거주 * 글벗문학회 회원 * 2007 전국학부모독후감대회 수필부문 우수상(문화부장관상) 수상	꽃신 / 보조개 푸른달 사랑 / 사랑꽃으로 / 사랑과 우정사이 /	213

작가명	약력	작품명	수록면
41. 이연홍	* 강원도 양구 거주 * 시인, 시낭송가 * 노인심리상담사 * 계간 글벗 시 등단(2019) * 글벗문학회 회원 * 시집 『모정』	동행	229
42. 이은숙	* 부산 거주 * 글벗문학회 회원	아버지	231
43. 이재철	* 부산 거주 * 한학자 * 글벗문학회 회원 * 등푸른식품 대표	나의 인생 나의 가족	233
44. 이종갑	* 경기도 곤지암 거주 * 글벗문학회 회원 * 봉선화 식품 대표 * 평생 소금 장사 50년 * 봉선화길 조성(우리 꽃 지키미 활동) * 대장암 말기 47회 항암 극복	봉선화 대장으로	235
45. 이종재	* 경북 경산 거주 * 캘리 작가, 시인 * 대한문인세계 시 부문 등단 * 대한문인협회 회원 * 강건문학회 회원 * 글벗문학회 회원	사랑살이	237

작가명	약력	작품명	수록면
46. 이지아	* 대구 거주 * 시인, 작사가, 가수 * 종합문예 유성 시, 동시 등단 * 글벗문학회 회원	연가 / 하늘길	239
47. 임선형	* 본명 임남순 * 서울 강서구 거주 * 글벗문학회 회원 * 첫 시집 『참 좋은 당신』(2021)	봄의 꿈 / 인동초 꽃	243
48. 임재화	* (사)대한문인협회, 글벗문학회정회원, 대한문인협회 저작권옹호위원회위원장, 글벗문학회 수석부회장, 한국가곡작사 가협회 이사 * 한국문학공로상수상, 베스트셀러작가 상 2회 수상, 한국문학예술인 금상수상 * 저서 『대숲에서』 『들국화연가』 『그 대의 향기』	각시붓꽃 / 그대의 향기 / 난을 꽃피우며	247
49. 임진이	* 한국문인협회 정회원 * 문학 공원 자작나무 수필 동인 * 한맥문학회 회원 * 독도문학작가협회 이사 * 한국음악저작권협회 회원	난을 꽃 피 우며	251
50. 임효숙	* 현재 서울시 강서구 거주 * 글벗문학회 정회원 * 글벗문학회 시화전 출품 * 은가람시낭송회 정회원 * 시집 『글이 나의 벗 되다』	꽃 피울 때 까지 / 예쁜 너 바보야 / 먼산은 / 정류장 첫 손님 / 집앞 가을은	253

작가명	약력	작품명	수록면
51. 장숙자	* 서예가, 수필가 * 글벗문학회 회원 * 시수필집 『내 마음의 울타리』	사람의 향기	263
52. 장지연	* 대한문인협회 신인문학상 (시) * 샘터문학 산문시 대상 * 글벗문학 제1회 글벗백일장 대상 * 한국인터넷문학상 선정(2021.9) * 글벗문학회, 문예마을 정회원	아카시아 / 그대와 나의 봄 하루	265
53. 정옥령	* 대한문학세계 시 부문 등단 * (사) 창작문학예술인협의회 회원 * 시를 꿈꾸다 회원 * 글벗 문학회 회원 * 반야중기 대표	추억 한 자락	269
54. 정재대	* 출생지 : 경북 예천 * 거주지 : 서울 * 제11회 한국문단 낭만시인 공모전 시조 부문 우수상 수상 * 제12회 한국문단 낭만시인 공모전 시조 부문 최우수상 수상 * 저서 『돌에 핀 꽃』, 『공존의 강』	나그네	271
55. 조금랑	* 서울 거주 * 계간 글벗 시 부문 등단 * 글벗문학회 회원	바이러스 처럼	273

작가명	약력	작품명	수록면
56. 채찬석	*교육수필가 *교장으로 정년 퇴직 *수원문협 이사, 군포문협회원 *종자와시인박물관 시비 『명함』 건립 *저서 『꿈을 위한 서곡』, 『친구야 세상이 얼마나 아름다운지 아니,』『자녀의 성공은 만들어진다』	소나무 숲 / 명함	275
57. 최기창	* 글벗문학회 회원 * 상지대학교 재활상담학과 교수 * 저서『돌담한줄』『엄마』, 『돌담한줄2』『인생 한줄 웃음 한줄』	사랑나무 / 오해	279
58. 최봉희	* 시조문학 등단, 문예사조 수필 등단 * 한국문인협회, 국제펜클럽 회원 * 계간 글벗 편집주간, 글벗문학회 회장 * 제30회 샘터시조상 수상(월간 샘터) * 종자와시인박물관 시비 공원「사랑꽃」건립(2018) * 저서 시조집『사랑꽃1,2,3권』,『꽃 따라 풀잎 따라』,『산에 들에 피는 우리꽃 1~3권』, 수필집『사랑은 동사다』,『봉주리 선생』	우리들의 사랑은(2) / 행복록 / 겨울 사랑 / 봄날 / 사랑꽃 / 사랑꽃(32) / 봄꽃 편지	283
59. 최성자	* 문화산업경영학 박사 * CAII 문화예술산업연구소장 * 제12회 글벗백일장 대상 수상 * 글벗문학회 충북아동문학 회원 전)호서대학교, 강남대학교, 한국교통대학교 출강 * 한국교통대평생교육원 교수 *시집 『아직도 못다 한 사랑』	아침 / 행복씨앗 / 종자와 시인 박물관	321
60. 홍은숙	* 경기도 군포 거주 * 중등학교 교사 * 글벗문학회 회원	임인년 행복맞이	329

■ 제8회 글벗시화전 작품집

하늘의 언어처럼

초판인쇄 2022년 4월 15일
초판발행 2022년 4월 15일
지 은 이 글벗문학회
펴 낸 이 한 주 희
펴 낸 곳 도서출판 글벗
출판등록 2007. 10. 29(제406-2007-100호)
주   소 경기도 파주시 와석순환로 16, 905동 1104호
          (야당동, 롯데캐슬파크타운)
홈페이지 http://guelbut.co.kr
          http://cafe.daum.net/geulbutsarang
E - mail juhee6305@hanmail.net
전화번호 031-957-1461
팩   스 031-957-7319
정   가 25,000원

ISBN 978-89-6533-211-4 04810